Le Point Rouge
et autres nouvelles

Christophe VOLIOTIS

Le Point Rouge

et

Autres Nouvelles

Christophe VOLIOTIS

© 2022 – Christophe VOLIOTIS
Édition : BoD – Books on Demand, info@bod.fr
Impression : BoD – Books on Demand,
In de Tarpen 42, Norderstedt (Allemagne)
Impression à la demande

ISBN : 978-2-3224-0659-3
Dépôt légal : Juin 2022

« *Madame Bovary, c'est moi* »
Gustave Flaubert

Les histoires d'A
Les histoires d'amour
Les histoires d'amour finissent mal
Les histoires d'amour finissent mal en général
Les Rita Mitsouko

Avertissement au lecteur

« Cela va sans dire ; cela va mieux en le disant » - *Charles-Maurice de Talleyrand-Périgord*

Je tiens à préciser très clairement que je ne cautionne en aucun cas les comportements décrits dans certaines de mes nouvelles. Ni les propos racistes d'ailleurs – ils ne m'appartiennent pas, mais à mes personnages, dont certains, on le remarquera aisément, ne sont pas précisément des lumières. Or tout le monde sait que les héros de fiction ont leur propre vie, dont ils ne nous tiennent pas forcément au courant, nous autres auteurs.
Inutile donc de me faire un procès d'intentions.
Je ne cherche pas à excuser mes personnages. Néanmoins, s'agissant de fiction, j'ai voulu rester au plus près de la vie réelle. Certains sujets ont été abordés grâce au prisme de l'actualité.
Ma position en la matière se calque sur ma vie. Cette position littéraire serait plus proche d'auteurs dits « réalistes » comme Zola, Brel, Brassens, voire Hemingway ou l'excellent Rabelais.
Mes héros n'ont rien de mondain ; ils sont donc de ceux que vous pourrez croiser tous les jours dans la rue, au travail, à la plage. Rien à voir avec ces fantômes de salon que l'on trouve chez Françoise Sagan ou Proust, pour ne citer qu'eux.
Précision sans doute inutile de nos jours, la censure morale s'étant passablement assouplie depuis la fin des années 1960 (quoiqu'elle revienne par la bande, le bourgeois étant toujours bien-pensant), certains propos ou certaines situations peuvent être jugés un peu crus. Je parlerai quant à moi de verdeur et vous assure que je me suis toujours efforcé de ne pas verser dans la pornographie.
Quoi qu'il en soit, veuillez songer que personne ne vous obligera jamais à lire ces lignes, et que vous pouvez très bien poser le bouquin. Si, au contraire, vous lisez avec le même plaisir que celui que j'ai trouvé à écrire et partager ces nouvelles, je vous remercie de votre compréhension. Et vous souhaite bonne lecture.

***

Jacques Merdeuil

Je m'appelle Jacques. Jacques Merdeuil. J'ai 36 ans, et je viens de tuer ma famille.
Mais d'abord, y faut que je vous esplique.

Tout petit, j'ai été abandonné. J'ai grandi dans un orphelinat. Avec des bonnes sœurs. Elles étaient gentilles, les bonnes sœurs. J'aimais bien. J'ai grandi dans un immense dortoir, avec plein d'orphelins abandonnés comme moi. Tout de suite, les autres, y m'ont pris en grippe. À cause que j'ai les yeux qui regardent pas dans le même sens. Y m'ont dit : t'as de la merde dans l'œil. Puis y m'ont appelé Merdeuil.
Un jour, à l'appel, y en a un qui a répondu pour moi : « Merdeuil présent ». Pour rigoler. Et les autres, y z'ont rigolé. Moi aussi, finalement. C'était drôle. On rigolait tous ensemble, et pour une fois, y m'ont pas rossé. Y m'ont pas pincé non plus. Y m'ont plus fait de croche-pattes. Y pissaient plus tout debout dans mon lit.
Y m'ont appelé Merdeuil, et j'ai rigolé avec eux.
Seulement, va savoir, le surveillant, il a changé mon nom. Même sur les registres, mon nom il a été changé. Et personne, plus personne ne se souvenait de mon nom d'avant. Je me suis donc appelé Merdeuil comme ça.

La veille de mes 18 ans, j'ai fait le mur de l'orphelinat avec des potes. On a piqué une caisse et on a conduit jusqu'à Vierzon, où y avait un bal. Jacques Brel, y parle de Vierzon dans une chanson je crois (T'as voulu voir Vierzon / On a vu Vierzon...). Seulement lui, il est venu, puis il est reparti. Moi je suis jamais reparti.
Parce qu'au bal, j'ai rencontré Nathalie. Elle était belle, Natha-

lie. Même que c'était la plus belle. Grande, toute rousse qu'elle était. Rousse, avec des cheveux longs et des taches de rousseur plein partout. Puis elle sentait bon, Nathalie. Elle sentait la campagne, elle sentait l'amour. Je me suis noyé dans ses yeux verts quand elle est venue vers moi et qu'elle m'a invité à danser. Et on a dansé. Tous les deux. Je ne voyais plus personne d'autre autour. Rien que Nathalie et moi. Et on a dansé jusqu'à ce qu'on puisse plus.

Y faut dire que j'étais bien contre Nathalie. Elle avait de gros roploplos, et moi j'adore les gros roploplos. Je me perdais dans ses roploplos, je les sentais tout contre moi à la fois mous et fermes. Provocants, voilà, qu'y z'étaient. Et la sueur commençait à couler entre les roploplos de Nathalie. Et moi j'avais envie d'y plonger mon nez, ma tête toute entière. Me perdre entre ses roploplos, contre son corps dont qu'y montait une douce odeur musquée –ouais, c'est comme ça qu'y z'appelent ça : musquée.

Elle m'a proposé de sortir un peu pour prendre l'air. Et moi j'y ai dit oui, que je voulais bien. Et elle m'a pris par la main et elle m'a traîné dehors. Là, y avait une rivière, le Lièvre, je crois bien[1]. Et alors on s'est assis au bord. Sur la berge comme qui dirait. La nuit était sombre, mais on voyait plein de lampions dans le ciel. Des étoiles comme j'en avais vues dans les yeux de Nathalie. J'y ai dit. Ça l'a fait rire. Et là elle m'a embrassé.

Puis après, elle a bougé sa main le long de mon corps. Sa main s'est arrêtée sur mon pantalon, enfin, un peu plus bas que la ceinture… Sur la braguette, voilà. Et je sentais mon sexe gonfler de désir. Elle aussi elle l'a senti. Elle a ouvert ma braguette et a pris mon sexe dans sa main, le pressant comme un pis, puis le caressant. Puis elle a commencé à faire des mouvements de bas en haut. Moi j'étais là, j'en pouvais plus. J'étais aux anges, je me laissais faire. Jamais j'avais fait l'amour avant, avec une fille.

Et là elle a approché sa bouche de mon oreille et m'a fait : « Tu veux ? moi j'ai envie ». J'ai bredouillé. J'étais dans un tel état

---

[1] l'Yèvre – Note de l'Editeur.

que je trouvais plus les mots, ce qu'y fallait dire. En plus je savais pas trop ce qu'y fallait faire alors je me suis laissé faire. Apparemment elle savait, elle. Donc elle s'est penchée vers ma braguette puis elle a mis mon machin dans sa bouche. C'était bon, c'était doux, c'était chaud. Je trouve pas vraiment les mots pour le dire mais j'étais bien là, comme ça. Elle a attendu quelques instants que je gonfle et que ça devienne tout dur, puis elle a fait des mouvements de bas en haut et puis de haut en bas. J'étais plus moi-même.
Elle a dû le sentir et c'est alors qu'elle s'est reculée puis s'est allongée sur le dos. Elle a alors relevé sa jupe et m'a fait : viens. Je suis monté sur elle mais je savais pas trop bien comment qu'y fallait faire. Elle a dû le voir, alors sa main a pris mon machin et l'a mis dans son machin à elle, qui était doux, chaud et humide. Et elle m'a refait : viens. Et elle s'est mise à bouger du bassin. J'avais vu des animaux faire, à la campagne, alors j'ai fait un peu comme eux. J'ai commencé à bouger. Mon machin dans elle c'était tout du bonheur. J'étais bien je peux pas dire à quel point, et je sentais l'envie qui montait en moi. Elle montait et j'avais pas envie que ça s'arrête. Pendant ce temps elle arrêtait pas de bouger doucement son bassin, et pousser des petits cris étouffés, comme qui dirait des gémissements.
Elle me faisait : viens, c'est bon, continue, t'arrête pas. Mais moi je voulais pas m'arrêter ! C'était tellement bon, y aurait fallu être fou pour vouloir que ça s'arrête ! Alors j'ai continué les va et viens en elle, et plus ça allait et plus c'était bon et plus j'avais envie.
À un moment, je l'ai sentie se raidir, le dos un peu arqué, comme si elle voulait me soulever de terre. Puis elle a eu un long gémissement comme soulagée, un sorte de râle, et elle s'est mise à me picoter de bisous. Pendant ce temps moi j'ai eu l'impression que j'allais exploser, puis y a eu du liquide qui est sorti de mon machin, mais c'était pas de la pisse. C'était autre chose. Comme qui dirait du sperme, comme quand on se paluchait

dans le dortoir le soir, à l'orphelinat.
Et aussi un grand soulagement, un calme. Avec beaucoup de plaisir. Mais pas du plaisir comme avant, moins tendu, plus calme. Une espèce de bonheur et de chaleur m'a envahi, et je sentais que je l'aimais très fort Nathalie, très-très fort. Comme j'avais jamais aimé avant, personne. Et j'avais encore envie d'elle, de la caresser, de l'embrasser, de la posséder. Je voulais qu'elle soit à moi, rien qu'à moi, à personne d'autre.

Le matin, comme je venais d'avoir mes 18 ans, je l'ai demandée en mariage. Elle était un peu plus vieille que moi, avec ses 21 ou 22 ans, mais ça se voyait pas tant que ça. Elle a rigolé un peu – elle se moquait pas de moi, on voyait bien que c'était la surprise et le plaisir mélangés. Elle a rosi, puis elle m'a dit oui.
On est donc passés devant le maire, dès que ça a été possible, avec toute la paperasse qu'y fallait fournir, tout ça. Et on est devenus monsieur Jacques et madame Nathalie Merdeuil, unis pour la vie, unis pour le meilleur et pour le pire.
Faut dire qu'on avait pas attendu les papiers officiels ni la permission de personne pour nous unir en vrai, pour vivre comme des mariés qu'on était pas encore. On s'est installés chez elle dans son appartement qu'elle avait hérité après la mort de ses parents. C'était vieux, humide, un peu sale, mais y avait de la place et on était heureux. On baisait dans toutes les pièces, dans tous les coins, comme des castors. Des fois, on venait juste de finir qu'on recommençait, encore et encore, jusqu'à être épuisés de fatigue.
Au bout d'un mois on a quand même pu rendre ça officiel. On a donc affiché sur la porte, sous la sonnette : « M et Mme Merdeuil ». On était chez nous.

Seulement voilà. Moi j'avais pas de boulot. J'avais pour ainsi dire pas de bagage. J'avais été le cancre assis près de la fenêtre à longueur d'années, redoublant les classes. Je m'en foutais. Je ne savais pas ce que je voulais faire dans la vie. Même quand on me demandait, je savais pas. En vérité j'avais envie de rien foutre, juste vivre et être heureux. Et c'est ce que j'étais avec Nathalie, enfin.

Elle, elle était caissière au supermarché du coin. Elle travaillait à des heures impossibles, rarement plus de 2 ou 3 d'affilée, avec quelques fois des coupures de 6 à 7 heures entre les 2. On s'en foutait, on se retrouvait et on baisait comme des castors. Mais la paye n'était pas lourde à la fin du mois. Et y fallait quand même payer les factures en plus. Et moi je passais mon temps à l'attendre.

14 - *Le Point Rouge*

À la mairie on m'a conseillé d'aller voir l'assistante sociale. On m'a inscrit au chômage mais comme j'avais jamais travaillé avant, j'avais droit à rien des ASSEDIC. À la fin on m'a quand même donné un RMI pour pas crever de faim. C'était pas beaucoup mais c'était quand même ça. De temps en temps je donnais un coup de main à gauche et à droite et on me filait la pièce. Pas grand-chose. C'était pas le SMIC. Mais bon, ça payait toujours un coup, ou les cigarettes. Pour offrir des fleurs à Nathalie, pas besoin de dépenser. Y avait les fleurs des champs. Ou alors dans les bacs de la mairie. Ou dans les jardins, publics ou de particuliers.
Jamais un boulot fixe, juste des demi-journées, des journées, des fois juste une ou deux heures. Comme j'étais bon bougre, que je râlais pas et que j'étais pas fainéant, on me payait toujours un coup, un café. On m'offrait un gâteau. On me donnait quelques fois des restes en partant ; ça nous faisait notre repas du soir à Nathalie et moi.

Pendant ce temps, je voyais le ventre de Nathalie grossir, s'enfler et s'arrondir. Comme elle avait plus eu ses règles depuis quelque temps, le docteur y nous a dit comme ça qu'elle était enceinte. J'étais fier de devenir papa à mon âge.
Puis elle a accouché. À 6 mois de notre première rencontre – elle m'a espliqué que ça arrivait des fois, que c'était des ~~primo, prima,~~ prématurés, voilà c'est ça : des prématurés. Mais que si qu'on s'en occupait bien ensuite, y grandissaient sans problème. C'était une fille. On l'a appelée Amélie. J'étais tout fier à la mairie quand que je suis allé la déclarer. Les vieux gars, ils souriaient dans leurs moustaches j'ai pas bien compris pourquoi. Peut-être de me voir papa si jeune.

Comme Nathalie elle était fatiguée par ses journées de travail, c'était moi que je me levais la nuit, pour la consoler, la changer, lui donner son biberon, lui faire faire son rototo, tout ça. Et que

je m'en occupais aussi pendant la journée. Rassurée, Nathalie prenait son temps et souvent ne rentrait pas entre ses plages de travail. Elle préférait rester sur place qu'elle me disait, ça la fatiguait tous ces allers et retours. J'y ai dit OK, t'inquiète, je suis là j'm'en occupe.
Bien sûr la situation économique était pas devenue rose : comme j'avais plus le temps de bosser vu que je m'occupais d'Amélie, y avait moins de rentrées d'argent. Mais bon, y avait les allocs et puis on se démerdait. J'avais des potes qui me proposaient des fois des trucs tombés du camion. Ou des trucs qu'y z'avaient trouvé comme ça. Ou bien qu'on leur avait donné. Moi on m'avait dit que quand on te donne un cheval y faut pas y regarder les dents ; alors je prenais, je disais merci, et je regardais pas les dents.

Puis même pas un an plus tard, est arrivée une deuxième pisseuse. Pour mon plus grand bonheur. Bon, elle me ressemblait encore moins que la première, blonde comme elle alors que Nathalie elle est rousse je rappelle et que moi je suis noir de cheveux comme la nuit. Mais bon qu'elle m'a dit, ça arrive. C'est la ~~gyné,~~ la ~~génie,~~ la génétique, voilà.
On l'a appelée Béatrice. Je suis allé en mairie pour la déclarer pareil. Les vieux gars y rigolaient carrément cette fois. Mais je m'en foutais, j'étais fier d'être papa de 2 petites filles à même pas 20 ans.

L'année d'après, un troisième bonheur : Cécile cette fois. J'ai tiqué au début. Elle avait bien mes cheveux noirs ça c'était vrai. Mais crépus. Et une peau café-au-lait. Pourtant, j'étais bien-bien blanc, et je ne pense pas qu'il y a eu des noirs de peau dans la famille. À ce qu'on m'avait dit à l'orphelinat, on m'avait trouvé dans le Nord et tout laissait à penser que j'étais originaire de là-bas. Pareil pour Nathalie, sa famille était depuis des siècles dans la région de Vierzon, même que parfois y se mariaient entre cou-

sins, c'est dire !
Mais elle m'a encore parlé de génétique (ouf ! j'ai pu le dire du premier coup cette fois), des lois d'un type qui s'appelait Mandel ou Mendel je sais plus, d'anomalies et d'envies comme pour les taches de vin à la naissance.
C'est qu'elle en savait des choses, ma Nathalie ! Elle m'a dit que, des fois, quand elle attendait de reprendre son job, elle empruntait des bouquins à la librairie du supermarché, ou des revues qui traînaient dans les salles d'attente. Et elle lisait, elle lisait à s'en faire péter les neurones.
Quand je suis allé pour la déclarer à la mairie cette fois, y a un vieux gars qui a éclaté franchement de rire, et y sont vite sortis à 2 ou 3 de la salle, et que je les entendais rigoler dans le couloir.

Et ainsi de suite, tous les ans. Des fois même deux fois dans la même année ! Elle avait pas le temps de se relever ma pauvre Nathalie qu'elle retombait enceinte aussi sec. C'est que j'étais un sacré pistolet...
Il y a comme ça Denise, puis Élodie, Fanchette, Grégoire (oui, un garçon, le premier et malheureusement le seul), puis Hélène, Isabelle, et pour finir Justine, la toute dernière. J'avais à peine 26 ans et me trouvais à la tête d'une tribu de 10 mômes, 9 filles et un petit gars. Curieusement y avait que mon petit gars Grégoire qui me ressemblait : petit, cheveux noirs, yeux bleus, un peu chétif comme moi mais surtout bon caractère.
À la mairie les gars maintenant ne se cachaient même plus pour rigoler. Y z'y faisaient ouvertement, avec des fois des réflexions : « il est cocu, le chef de gare ! ». Un peu comme à l'orphelinat quoi, où que j'étais le souffre-douleur.
Moi je m'en foutais, j'étais heureux. Je rigolais avec eux, je leur disais « dix dans ta face, ducon ! », et me laissais payer un canon. Et eux, y z'y payaient bien volontiers, faisant un cirque pas possible pour faire rigoler les copains.

À la maison on s'était organisés maintenant. En plus de RMI devenu RSA avec le temps, on touchait les allocs en plus du maigre salaire de Nathalie. C'était pas le grand luxe, mais on vivotait. On avait des poules, des canards, quelques lapins dans le jardin derrière la maison. Y nous débarrassaient des déchets de cuisine, comme de ceux que nous donnaient aussi les voisins, et nous fournissaient les œufs et la viande qui amélioraient notre ordinaire.
Sinon les Restaus du Cœur, Emmaüs, le Secours Populaire et Catholique nous aidaient. Pour des aliments, pour les vêtements des enfants surtout. Pour des jouets aussi, que nous n'avions pas les moyens. Moi je m'en foutais de me balader en guenilles, mais je ne voulais pas que mes gamins soyent cul-nu.

Sauf qu'on voyait de moins en moins souvent Nathalie à la maison. Elle était absente de plus en plus souvent, et de plus en plus longtemps. Bien sûr je m'étais organisé et les plus grandes m'aidaient à m'occuper de la maison et des plus petits. Mais je me sentais de plus en plus seul aussi et je sentais que les enfants manquaient d'une mère. J'y ai fait la remarque d'ailleurs, lui disant qu'on aimerait la voir un peu plus souvent. Elle rigolait, me disait : « je fais c'que j'peux et j'peux peu».

J'avais bien eu quelques soupçons qui m'ont traversé la tête, par moments. Mais je me disais que c'était pas vrai, c'était pas possible. Quand elle était là et que j'avais envie, elle m'avait jamais dit non Nathalie. Avec le temps et les grossesses, elle avait pris des formes. Ça lui allait bien au début, j'aimais bien les femmes épanouies comme qui dirait. Non seulement elle avait toujours ses gros roploplos que j'aimais bien, mais elle avait pris des fesses aussi, et des bourrelets aux hanches. Ah la main ne rencontrait pas d'os ! et c'était aussi bien. J'en avais suffisamment sur moi qu'on pouvait les compter.

Ses robes de quand je l'ai connue ne lui allaient plus maintenant. Elle avait pris plusieurs tours de taille. Bizarrement, plus elles grandissaient en tour de taille plus elles devenaient criardes et courtes. C'était limite maintenant si elle ne se baladait pas avec le frifri à l'air. Elle nous avait déjà ~~exhumé~~ exhibé son nombril, qu'elle s'était fait percer et qu'elle avait mis un bijou dedans. Elle me l'avait montré un soir et m'avait demandé si j'aimais. Je ne trouvais pas ça trop joli non. Elle avait pris du poids et du volume et ça ne lui allait pas trop. J'ai essayé de lui dire ça gentiment, calmement pour pas la vexer. Elle a ricané, a fait un geste de balayer tout ça d'un geste de la main puis elle m'a dit : « t'y connais rien en femmes, mon pauvre ! ».

J'y connaissais p't'être rien en femmes vu que j'en avais pas connu plusieurs, mais je m'y connaissais en Nathalie. Celle-là ça faisait bien 10 ans que je la connaissais et que je la pratiquais. Je la connaissais même sous toutes les coutures si vous voyez ce que je veux dire. Par cœur même que je la connaissais. Les yeux fermés dans la nuit noire et le brouillard, je la reconnaîtrais encore. J'étais pas un grand génie, j'étais pas un docteur qu'y avait fait les grandes écoles, mais je la connaissais ma Nathalie. Je ne connaissais même qu'elle.

Et pourtant faut croire que quelque part elle avait raison. Parce qu'elle cachait bien son jeu la Nathalie. Enfin pas tant que ça à ce qu'on m'a raconté plus tard, bien plus tard. C'était plutôt moi que j'étais aveugle, que je n'avais pas voulu voir. Quand tout le monde savait déjà.

Un jour, non pas un jour brusquement, ça s'est passé en plusieurs fois. Et moi je suis resté aveugle et sourd. Idiot en un mot. Plusieurs fois les gamines au moment de la toilette du soir s'étaient plaintes qu'elles étaient allées avec maman, et que des monsieur les avaient tripotées. Surtout au niveau de la zézette. J'ai demandé à Nathalie. Elle a eu un rire bref puis elle m'a dit : « Normal, je les ai emmenées au docteur ; il les a examinées pour voir si y avait pas de problèmes de ce côté-là ». Bon, puisqu'elle y avait été présente, j'avais pas trop rien à dire alors.

Puis un jour ça a été le tour de Grégoire. Je l'avais bien vu marcher bizarre. Même que j'y ai demandé ce qu'il avait, s'il avait envie d'aller aux WC. Y m'a dit qu'il avait mal et puis y n'a plus rien dit.
Le lendemain j'y ai emmené moi au docteur, un docteur qu'on m'avait recommandé qui s'y connaissait bien avec les enfants, très doux, avec une bonne réputation. Le docteur y a bien examiné, y a posé des questions. Puis y m'a demandé à me causer. Y m'a posé des questions à moi aussi, des questions bizarres. Quand y a vu que j'y prenais mal, y m'a espliqué : on y avait introduit des trucs dans le fondement à mon Grégoire, comme qui dirait qu'on l'a sodomisé et y avait gardé des ~~échelles~~, non des séquelles. Ça disparaîtrait au bout de quelque temps, mais fallait y mettre de la pommade...

Sur le chemin du retour vers la maison, j'y ai posé moi aussi des questions au Grégoire. C'était lui qui s'était fait ça tout seul ? Y m'a répondu que non. Alors qui y a fait ? y m'a dit des monsieur nus, avec maman qui était nue aussi. J'ai failli y coller une baffe. Puis je me suis rappelé les plaintes des grandes.
J'y ai emmené elles aussi chez le docteur, le bon, le mien. Y les a examinées puis a voulu me causer seul encore une fois. Y m'a dit qu'elles avaient perdu leur fleur. J'y ai demandé si c'était grave vu que j'avais jamais entendu causer de ça. Y m'a bien regardé,

un peu longuement, a hoché la tête puis m'a dit tout doucement : « je veux dire qu'elles ont perdu leur virginité ».
Quoi ? Comment ? En sortant de d'là, je les ai demandées avec qui elles avaient fricoté, quels salopiauds pour ainsi perdre leur virginité à leur âge, alors qu'elles avaient pas encore leurs règles ou, pour la plus grande depuis quelques jours seulement. Je leur ai demandé à chacune séparément, leur promettant une rouste si elles mentaient. Puis je les ai demandées toutes les 3 ensemble. Elles m'ont raconté toutes pareil à une ou deux choses près. Elles avaient été nues avec leur mère et des monsieur nus qui les avait tripotées puis mis leur machin dans la zézette.

Le soir j'ai coincé Nathalie et lui ai demandé ce qu'elle faisait quand elle était pas là. Des trucs et des machins qu'elle me dit. Rien, quoi. Enfin rien d'important. Et avec les gamins ? Pareil qu'elle me répond.
Je lui ai parlé du docteur, du vrai, que j'ai vu avec les mômes. Je lui ai dit ce que m'ont raconté nos enfants. Elle s'est mise à rougir très fort, très soudain. Elle a ouvert le placard, a sorti une bouteille de rhum, a rempli un verre à eau presque à ras bord, elle l'a bu cul-sec puis fait du bruit avec la bouche comme un cheval.

Puis elle a rigolé, mais rigolé, on pouvait plus l'arrêter. Sans que je dise quelque chose elle a commencé à me raconter : « Mais tu crois quoi, toi ? Avec ton petit joujou qui ferait pas de mal à une naine vierge, tu crois que tu m'as fait grimper aux rideaux ? Tu crois vraiment que je jouis à tout coup avec toi et que tu me rends heureuse ? Et tu crois que je me paye comment mes robes, mes sorties, mon maquillage, mes bijoux ? Avec ton RSA, ou avec les dons de la Croix-Rouge ?
Eh oui. J'ai connu des hommes, continua-t-elle, bien avant de te connaître. Dès mes 13 ans pour être précise et si tu veux savoir. Et pas des demi-portions comme toi. Des vrais, des qui m'em-

mènent au 7ème ciel en moins de deux alors que toi t'en es encore à peiner avec les préliminaires – laborieux en plus.
Des qui me sortent au restau. Quand est-ce que tu m'as emmené dans un restau, toi ? Jamais. Qui m'offrent des robes, des bijoux, des parfums. Je te dis que je les achète en solde au supermarché, mais ce n'est pas vrai. T'as déjà vu des trucs pareils au super, toi ?
C'est aussi grâce à eux que j'ai un travail et que je ramène une paye à la maison. Qu'est-ce que tu crois ? Pour que tu manges, et tes gamins mangent aussi.
Et oui, aucun d'eux n'est de toi. Sauf peut-être le Grégoire. T'as vu comme il te ressemble, mal foutu, cacochyme comme toi ? Mendel, la génétique, je t'en foutrai, Ducon ! Ils ont tous un père différent. Et toi t'es le plus grand cocu du village, du monde entier même ! tu n'as pas vu que les gens se foutent de ta poire quand tu parles de « tes » gamins en ville ? T'es vraiment le plus con des mecs que j'ai jamais rencontrés dans ma vie. ».

Et là ensuite je ne me souviens plus très bien. Je crois que j'ai pris le couteau à désosser qui était sur l'évier et je lui ai enfoncé dans le ventre, ce ventre où tant de mecs sont passés dessus comme dans un couloir de métro. Elle a eu l'air surpris mais déjà je lui replongeais le couteau dans le ventre. 4, 5, 6 fois, jusqu'à ce qu'elle se vide de son sang.
À ce moment il y a la petite dernière qui est arrivée attirée par le bruit, ou bien qu'elle voulait quelque chose. Elle allait crier alors je lui ai plaqué la main sur la bouche, et je lui ai tranché la gorge d'un coup.
Puis je suis monté dans les chambres et je les ai tous étouffés avec leur oreiller. Tous, jusqu'au dernier.
Puis je les ai jetés dans le puits au fond du jardin. La mère d'abord. Puis la petite dernière. Ensuite j'ai épongé le sang, j'ai nettoyé le sol dans la cuisine. Après j'ai pris les autres et un par un je les ai balancés dans le puits. J'ai comblé avec de la terre de

remblai que j'avais dans un coin, et des gros cailloux. Puis j'ai balancé le fumier des bestiaux par-dessus.

J'ai enlevé mes vêtements, je les ai fait brûler dans le vieux baril au fond du jardin où on met les branches mortes et autres combustibles. J'ai pris ma douche, me récurant soigneusement. Je me suis rasé, habillé de frais, me suis parfumé. J'ai récupéré toutes les maigres économies qui traînaient dans une vieille boîte à gâteaux. Puis j'ai pris le premier train pour la capitale.

Je viens de m'engager dans la Légion et ai demandé à changer de nom. Je ne m'appelle plus Jacques Merdeuil. Jacques Merdeuil est mort à Vierzon, avec toute sa famille. On ne sait pas ce qui s'est passé[2].

---

2   Nota: je tiens à préciser que je ne cautionne en aucun cas les comportements décrits (ni les propos racistes d'ailleurs - ils ne m'appartiennent pas, mais à mon personnage, lequel, on l'aura remarqué, n'est pas précisément une lumière- inutile donc de me faire un procès d'intentions), ni ne cherche à les excuser. Néanmoins, s'agissant d'une fiction, cette ultime partie me semblait clôturer et parachever une histoire qui me laissait un goût d'inachevé, d'incomplétude.

Je vous ai pas raconté ce qui leur était arrivé aux petits. Ces petits que je me suis occupé tous les jours que Dieu faisait, que j'ai chéris pendant toutes ces années malgré que c'étaient pas les miens. Y z'étaient si affectueux, si attendrissants, accrochés à mon cou ou à mes baskets comme qui dirait. Tout le temps après moi à me demander des trucs et des choses sauf quand y faisaient des conneries. Là on les voyait plus on les entendait plus. Je les aimais tellement.

Et j'ai trouvé que c'était tellement dégueulasse ce qu'elle leur avait affligé là. Ce qu'elle leur a fait subir ça a pas de nom. Les livrer comme ça à des mecs, des gros porcs non contents de les tripoter sous toutes les coutures mais qui en plus leur avaient mis leur sale machin à ces petits innocents, c'est à gerber. Et elle leur mère à regarder, à participer, à les pousser dans leurs sales pattes alors que c'étaient ses propres enfants à elle quand même ! Cette dégueulasserie jamais je l'aurais cru possible. Jamais j'y aurais cru de la part de Nathalie, ma Nathalie que j'ai aimée pendant toutes ces années.
Et je crois que c'est ça au fond qui m'a fait agir comme ça. C'est à cause de ces gamins innocents qu'elle a salis, dégueulassés, *outrancés*. Ses propres gamins merde.

Finalement ç'avait pas beaucoup d'importance qu'elle m'avait trompé toutes ces années avec tant de mecs différents – ces pauvres gosses en étaient les preuves vivantes indéniables. Ça j'aurais pu le supporter après tout. Parce que je suis adulte. Elle m'a trompé, bon. Mais j'avais eu ma part de plaisir aussi. Jamais qu'elle m'avait refusé, sauf une ou deux fois qu'on voyait bien qu'elle était malade, au lit avec le docteur qu'elle était pas allée au boulot en plus, elle mentait pas ces fois-là. Ça se voyait bien qu'elle feintait pas, je pouvais rien dire.

Oui, je m'en foutais après tout qu'elle m'avait trompé. Moi

j'étais un homme. Je pouvais supporter. Mais pas les gosses non pas les gosses...

J'ai donc pas regretté d'en avoir fini avec elle. C'était quand même une belle salope y faut bien le dire. Par contre j'ai regretté pour les gosses ça c'est sûr et certain. Mais je pouvais pas les laisser vivre avec ces saloperies dans la tête, dans leur corps, dans leur vie. Vivre et se souvenir de tout ça je pouvais pas les laisser comme ça.
Et puis c'était clair maintenant que j'allais partir, quitter Nathalie cette morue. J'allais partir et les laisser derrière moi ? qui s'en occuperait ? Nathalie ? elle pensait qu'à son cul, c'est ça : qu'à son cul. Elle savait même pas s'en occuper, c'était toujours moi que je l'avais fait. Je me demande même si elle les avait aimés.

Non je pouvais pas m'en aller comme ça et les laisser derrière moi. En même temps je sentais bien que je pourrais pas non plus les emmener avec moi. Je pourrais pas partir avec 10 gosses comme ça sur les routes et refaire ma vie.
Mon cœur saigne mais je crois bien que c'était la seule solution. Et je me dis que finalement ils sont partis en douceur, sans le savoir. Sans même se rendre compte de ce qui leur arrivait. Sauf peut-être la petite dernière. Ça aurait pu être pire après tout.

Là ça fait quelques années que je suis dans la Légion. J'y suis bien. Comme chez moi. J'ai retrouvé la camaraderie virile comme à l'orphelinat. Des fois on fait des virées et on fout le souk, on rigole bien. Des fois ça barde et on se fait remonter les bretelles par nos chefs, du trou pour certains. Mais on s'en fout. Nous ce qu'on attend c'est d'aller sur le « théâtre des opérations » comme y disent là-haut, et de leur foutre sur la gueule à ces salopards d'en face.

Je viens de passer sergent. Juste avant de partir chez les mal blanchis là-bas dans leurs pays qu'y causent un sabir qu'on y comprend que pouic. On a arrosé ça avec les copains. On a écumé les bistros de la ville de garnison et on s'est pris une méga-cuite. La cuite de ma vie. On a bien rigolé. Sauf que j'avais les cheveux qui poussaient dedans ma tête le jour d'après. Mais on a bien rigolé quand même.

On a mené plusieurs opérations déjà. Avec succès. Nos chefs, y sont contents de nous.
Ce matin on nous avait envoyés joindre des camarades bloqués dans un trou perdu au point Bravo Mike Charly[3]. On est partis une petite escouade. Équipés léger parce qu'on était à pied et qu'on voulait rester mobiles pour pas trop se faire repérer.
Sur le coup des 11 heures midi on tombe sur une petite bergère avec sa demi-douzaine de chèvres squelettiques qui broutaient quelques brins d'herbe desséchée sur ces montagnes pelées et balayées de poussière. Quand elle nous a vus elle a voulu décamper. Nous on a eu peur qu'elle prévienne ses copains pour qu'y nous tombent sur le paletot.
Le caporal lui a couru après et y l'a rattrapée. Y l'a jetée par terre.

---

3   B.M.C, pour ceux qui l'ignoreraient, c'étaient les Bordels Militaires de Campagne – petit clin d'œil (Merdeuil?) au passage.

Je sais pas ce qui est arrivé exactement. Je me souviens plus. Je crois qu'elle a voulu se débattre pour s'enfuir. Comme le cabot la tenait serrée et essayait de l'immobiliser elle s'est un peu dénudée pour le coup. Et nous, qu'on avait pas vu de femme depuis quelques semaines déjà ça nous a excités.

Y a eu le Jeannot le Fêlé comme on l'appelle qui lui a relevé sa jupe et qui lui a écarté les cuisses. Elle voulait pas mais les copains sont arrivés et l'ont retenue. Elle était solidement maintenue comme clouée au sol, écartelée. La jupe relevée bien haut sur sa poitrine. Elle ruait, gueulait, nous suppliait et menaçait dans sa langue.

Le Jeannot Fêlé a ouvert sa braguette et y l'a pénétrée. Elle a hurlé de douleur et gigoté pour s'enfuir. Mais les gars la tenaient et le Jeannot l'écrasait de son poids.
Quand il a eu fini son affaire il s'est relevé en rigolant, s'est *rebraillé* et est allé la tenir aux poignets pendant qu'un autre prenait sa place.

Tout le peloton lui est passé dessus. Moi je regardais gêné. Des images remontaient en moi. Des souvenirs désagréables. Je voulais pas. Mais les gars ont insisté : allez sergent, merde quoi ! On y est tous passés, tu peux toi aussi.
Et je me suis dit que merde à la fin. Un de plus ou un de moins ça lui changerait pas grand-chose à la gamine. Elle avait quoi ? 12, 13 ans ? Et puis ça faisait longtemps que j'avais pas eu de femme. Et les chèvres c'est pas mon truc.

Je me suis approché. Elle me regardait d'un air ~~emp~~, ~~impa~~, implorant. L'air de me dire : non pas toi de grâce.
J'ai lu dans ses yeux le regard de mes filles livrées à ces gros porcs salopards qui les avaient *outrancées*. Et en même temps, je me demandais aussi ce que ça faisait de devenir comme ça un

salopard. De prendre une femme (plutôt une gamine, là) qui voulait pas.

Je ne pouvais plus supporter ses yeux qui me mendiaient des choses. Alors, pour lui éviter cette souffrance j'ai mis ma main sur son cou. Et j'ai serré. J'ai serré jusqu'à ce qu'elle ne respire plus.

Un des gars m'a lancé : « Nom de dieu sergent ! tu l'as achevée ».
Mais moi j'étais en elle. Et c'était bon, c'était doux, c'était chaud. Et je pensais à Nathalie, à notre bonheur passé. Puis j'ai vu les images des petites, de mes filles. Et j'ai plus pu. Je me suis vite relevé et me suis reboutonné.

« Y a pas à dire sergent. T'es un grand sentimental » m'a lancé un de mes gars. Oui, je suis un sentimental.

28   - Le Point Rouge

Le Point rouge

1ère partie

Son arrière-grand-père, Vassili Grigorovitch Zbartov, a débarqué en France en 1905. Il était un de ces Cosaques Zaporogues, fuyant les troubles de la révolution russe avortée. Dans les premiers temps, il coucha sous le pont Mirabeau, y contemplant la Seine couler nonchalamment sous le regard protecteur de la bergère Tour Eiffel, avant de trouver un emploi de portier dans un restaurant monté par un de ses compatriotes, émigré lui aussi, mais ayant pris le soin d'emmener avec lui quelques pécunes. Il rencontra une Bretonne montée à Paris comme bonne, travailleuse infatigable et mère prolifique, qu'il épousa. Des huit enfants que le mariage engendra, cinq survécurent, dont le grand-père de Jean, Sérafim Vassilievitch Zbartov.

Né en 1912, engagé très tôt dans l'armée française, Sérafim connut l'Appel du Destin. Il suivit la folle aventure de la France Libre en Afrique du Nord et, sous la houlette du brillant Philippe de Hautecloque (dont le nom de guerre est le bien connu Leclerc) devenu Maréchal Leclerc de Hautecloque, et finit sa carrière comme Lieutenant-Colonel. Comme son chef illustre autorisé à modifier son patronyme en 1945, il obtint de raccourcir le sien, pour devenir Séraphin Zbart. Marié en 1936 à une pied-noir d'origine alsacienne, il procréa à son tour. De cette union naquirent 3 garçons et 4 filles.

Le père de Jean, Maxime Étienne Marie-Joseph Zbart, fils de Sérafim/Séraphin et d'Elisa, naquit en 1937 et grandit en Algérie, auprès de ses grand-parents maternels, qui y possédaient un assez grand domaine. Lors de ce qu'on appelait alors pudique-

ment les « événements », il traversa la Méditerranée fin 1959 pour s'installer à Marseille. Là, il rencontra une Phocéenne d'origine grecque, enfant du Pirée, dotée d'une fortune invraisemblable, dont il tomba éperdument amoureux, d'un amour payé de retour, et qu'il épousa à son tour en 1962.
Jean Zbart naquit en 1970, troisième et dernier fils du couple.

Il poussa vite en graine, et monta à Paris en 1988 pour y entreprendre de brillantes études. Au lieu de ça, il fut embringué dans des bandes de potes, plus ou moins communistes, plus ou moins anarchisantes, plutôt plus jean-foutres comme les qualifiait son père, que moins. Maxime, après l'avoir maintes fois dûment sermonné, prié, menacé, exhorté, en vain, se résolut à lui couper les vivres, les conditionnant à une reprise active des études.
Bonne pâte malgré tout, pas du tout rebelle dans le fond, Jean fit des efforts pour se conformer au diktat paternel. Réellement. Il était déterminé à s'amender, foi d'animal. Il fit part de cette intention à ses amis et petites-amies, qui rirent tous à gorge déployée, lui prédisant que, dans même pas une semaine, il serait de retour sur le pont. Que nenni, s'enferra-t-il, vous verrez, cette fois-ci, je tiendrai parole. Vous ne me reconnaîtrez plus, affirma-t-il.

Mais, aussitôt les subsides lâchés par la main paternelle, il repartit les poches lestées chercher bonne fortune dans les troquets, boîtes de nuit, et les bas-fonds glauques de la nuit parisienne. Tant et si bien qu'au lendemain matin il ne lui restait plus rien. L'alcool, les filles, les cartes, la nuit, avaient tout englouti. Peut-être même avait-il été aidé dans l'entreprise, par une ou deux mains lestes.

Il se réveilla tard dans la matinée dans une chambre inconnue, dans un lit aux draps froissés et poisseux, aux côtés d'une jeune femme aux seins lourds et aux cuisses grasses, les aisselles et le sexe pas rasés, aux lourds cheveux roux disposés en auréole autour d'une tête qui apparaissait toute minuscule en comparaison. Le rayon de soleil qui l'avait réchauffé et provoqué son réveil filtrait toujours entre les persiennes, aveuglant. Des particules dansaient dans la lumière, tandis qu'à ses oreilles parvenaient les bruits d la ville qui ne dort pour ainsi dire quasiment jamais. Bruits de moteurs de voitures accélérant, coups de klaxon, claquements de portières, chant morne et puissant d'un marteau-piqueur, des cris d'ouvriers s'interpellant joyeusement sur un chantier voisin, parmi les coups de marteau résonnant sur des planches.

Coincé contre le mur, il fit des mouvements de reptation pour sortir du lit et se lever. Arrivé au bout de son entreprise, il se retourna vers la fille. Elle le considérait, yeux grands ouverts, esquissant un bâillement, les bras en auréole puis tendus au-dessus de sa tête. En réponse à sa muette interrogation, elle lui expliqua qu'il l'avait soulevée dans un rade, fin soûl, et qu'il lui devait 500 balles. Ce n'était pas de sa faute à elle s'il s'était révélé incapable de conclure, ponctua-t-elle.
Vaseux, vaguement confus, il se dirigea vers ses vêtements, qu'il voyait empilés en désordre sur un fauteuil branlant et d'un style indéterminé, dans un coin de la chambre. Il fouilla consciencieusement les poches de son pantalon, de sa veste, y trouva quelques tickets divers et deux ou trois pièces jaunes, qu'il lui tendit, paume ouverte : « Tiens, c'est apparemment tout ce que j'ai », fit-il.

Les yeux verts le regardaient maintenant avec une ironie non dissimulée, ainsi qu'une pointe de commisération.
– T'as une bagnole ? demanda-t-elle.
– Nan, j'ai pas de bagnole. Et heureusement, parce qu'entre la circulation dans Paris, les problèmes de stationnement, et le fait

de rouler bourré...
— Et tu habites loin ?
— Je sais pas. Un petit studio à Pantin. Parce qu'on est où, là ?
— Là on est au Franc-Moisin, mon gros loup.
— C'est où ça, déjà ?
— A Saint-Denis, mon biquet.
— Oh put... t'aurais pas une pièce ou deux à me prêter ? de quoi prendre le métro, au moins ?
— Et puis quoi encore ? déjà que tu me dois 500 balles ! s'exclama-t-elle, puis, se radoucissant face à sa mine défaite, elle lui lança : allez viens, je vais nous faire un kawa, tu partiras après.

Encore dans le cirage, il accepta. Demanda les toilettes, la salle de bain, histoire de se passer un peu d'eau sur la figure. C'était tout au même endroit, lui expliqua-t-elle, lui en désignant la direction d'un index tendu.
Il découvrit un local exigu — l'appartement ne semblait pas bien grand — où l'on pouvait à peine se tenir debout entre le lavabo, le WC et la baignoire. Mais le tout impeccable, brillant comme un sou neuf. Sur la tablette au-dessus du lavabo, devant un miroir riquiqui, des petits pots de crème à côté du fatal verre à dents garni de la brosse et du dentifrice, et, sur une sorte de minuscule étagère fixée au mur, une petite boîte de bijoux. Pas nombreux ni clinquants, révélant un bon goût certain, de quelqu'un préférant la qualité à la quantité.
Il urina sans se soucier de faire du bruit, tira la chasse, puis se lava la figure, se passa un peu d'eau dans les cheveux, prit un peigne sur la tablette, et se peigna. Il avait meilleure mine.

Quand il sortit de la salle de bains, il entendit « par là ». Il suivit la voix — de toute manière, il n'y avait pas de quoi se tromper, l'appartement était si exigu qu'il n'y avait pas de quoi se fourvoyer. Il la découvrit attablée à un petit rectangle où tenait à peine un plateau, sur lequel deux tasses avec leur soucoupe, un sucrier, une demi-baguette et quelques biscottes attendaient. Le café était en train de passer à grands coups de glouglou et de pschhh dans la cafetière électrique, sur le rebord de l'évier, à côté du minuscule égouttoir.

« Beurre ? confiture ? chocolat ? bonbons ? eskimo glacé ? » plaisanta-t-elle, penchée en arrière et happant au passage le quart de beurre et un pot de confiture dans le mini-frigo. Dans le mouvement, son peignoir fleuri s'entrebâilla, livrant au regard le sein rond et lourd, sensuel et désirable, qu'il avait déjà aperçu quelques instants plus tôt.

Par une petite baie vitrée au-dessus de la minuscule table, il voyait les barres d'immeubles gris, les parkings un peu désertés à cette heure laborieuse de leurs habituelles voitures, les maigres pelouses vertes, pelées par endroits, où s'ébattaient de jeunes enfants poussant des cris joyeux et quelques chiens jappant de concert. Au loin, la grisaille au-dessus de ce qu'il devinait être Paris, les fumées des usines.
Lui qui n'était pas bavard, surtout au réveil, et a fortiori un lendemain de cuite, il se surprit, une bonne demi-heure plus tard, à discuter à bâtons rompus avec cette fille encore inconnue, pour laquelle il n'avait aucun goût particulier pourtant quelque temps auparavant.

Elle s'appelait Nicole, Nicole Fayard. Elle provenait d'un petit patelin en Auvergne, plus précisément du Bourbonnais, Lusigny, à presque mi-chemin entre Moulins et Bourbon-Lancy ou Dompierre, il connaissait ? Mais non, nigaud, pas Lusigny, je m'en doute bien, mais Moulins... ou alors Bourbon ?
À vrai dire, la province, il ne connaissait pas, pas plus Bourbon que l'autre bled qu'elle avait nommé. Lusigny ? Oui, enfin non, l'autre là, Dom machin quelque chose... Dompierre sur Besbre, ouais normal, faut être du coin pour connaître ou alors, si on a des notions religieuses, par l'abbaye de Sept-Fonds, à côté. Des

Cisterciens à l'origine, actuellement des Trappistes, ils commercialisent des produits alimentaires : bière et la Germalyne notamment, tu connais ?

Donc, elle était « montée » comme on dit à la capitale pour des études...
– Tiens c'est marrant, moi aussi.
– De quoi ?
– Je sais pas, tout m'intéresse, mais j'arrive pas à choisir, et j'arrive pas non plus à me concentrer sur mes études.
– Moi, dit-elle, c'est l'Histoire de l'Art. Ça m'a toujours fascinée, toutes ces créations du génie humain. Et puis j'envisage d'entrer dans un musée, si je peux, comme conservatrice... Comment t'as fini dans mon pieu ? C'est simple. Mes parents ne sont pas riches, ils en sont même loin. Alors j'ai une bourse, mais c'est vraiment pas énorme, pas de quoi faire des folies. Et parfois, souvent, les fins de mois sont dures, même avec une carte d'étudiant, il y a des dépenses qu'on ne peut pas éviter : les bouquins, les films, les musées... Heureusement, il y a les expos parfois, qui sont gratuites, et même , dans quelques vernissages, on peut boire et grignoter à l'œil. Mais bon, c'est une soirée, et il y en a bien trente dans le mois. Et pas autant de vernissages.

De la famille à Paris ? non, aucune. Des amis, masculins ou féminins ? Quelques, mais ils ou elles sont comme moi, guère mieux lotis. Oui, attends, j'y viens. Comment t'as fini ici ? Ben non, je ne suis pas pute, mais, de temps en temps, je ne crache pas sur un Pascal. Alors quand tu me l'as proposé, je n'ai pas dit non. D'autant plus que je te trouvais mignon. Mais t'étais dans un tel état que t'as pas pu faire grand-chose, mon vieux.
Ah ça, t'as été tendre, très tendre même. Plein de bisous, même des bien baveux. Et câlin aussi. Mais pour le reste, tintin ! Remarque, je ne m'en plains pas. J'avoue que je n'aime pas trop ça, mais faut bien manger, comme je t'ai expliqué. Ça ? Non

l'amour, j'aime bien, surtout avec quelqu'un de tendre comme toi, mais je veux parler de la prostitution. Je n'en ferai certainement pas mon métier.

Oui, je sais, j'ai cherché des petits boulots, à gauche et à droite. J'ai travaillé en magasin, fait la serveuse dans un bistro, enfin plein de choses comme ça. Mais t'en as toujours un qui te met la main au cul, et si c'est pas le patron c'est le client. Puis t'en entends des vertes et des pas mûres, les mecs sont salaces, des gros porcs... Tous ? non, bien évidemment ; toute règle a des exceptions, mais là, faut dire, les exceptions sont rares. Dès que vous voyez une paire de nibards, les mecs, ou un joli petit cul, vous êtes comme des clebs en rut, à baver pour tirer un coup, même parfois alors que bobonne est à côté de vous !

Alors, finalement, tant qu'à être traitée comme une pute, autant pas faire de cadeaux et en tirer avantage. Si j'en ai eu beaucoup ? Dis donc, mon gros loup, t'es bien indiscret. Oui, je sais : Oscar Wilde dit que ce n'est pas la question qui est indiscrète, mais la réponse. Certes, mais c'est un raisonnement de faux-cul, parce que la question suscite la réponse, non ? De moi-même, je ne t'aurais pas jeté ça à la figure, de but en blanc.
Pour te répondre, puisque t'insistes, – pourquoi d'ailleurs ? tu ne serais pas de ces dépravés, vicelards qui ne bandent qu'avec ce genre de saleté ? tu es le sixième. Enfin, tu l'aurais été, vu tes exploits. N'empêche que, blague à part, chose promise chose due ; tu me dois 500 balles, ce n'est pas de ma faute si t'as pas pu. Oui, je sais, je me répète. Mais c'est parce que t'as l'air d'avoir la tête dure.

Quoi ? si je t'offre une session de rattrapage ? Tu plaisantes, là, j'espère. Non ? Alors écoute bien, beau blond, parce que je ne vais pas me répéter éternellement : tu n'as pas un flèche sur toi, la preuve c'est que tu me demandes de t'avancer un ticket de

métro. Alors je suis bonne fille ; je vais te donner un ticket de métro. Je vais même t'en donner deux, mais ce sera tout. T'es mignon, je t'aime bien au fond, mais faudrait voir à ne pas prendre les enfants du bon dieu pour des canards sauvages non plus !
Si tu peux m'appeler ? T'as vu un téléphone là, quelque part ? J'ai déjà du mal à joindre les deux bouts rayon bouffe, alors le téléphone... Si tu peux me revoir ? ben dis donc, je t'ai fait de l'effet on dirait. Je ne dis pas non, mais tu ne viens pas seul. Mais non idiot – et elle part dans un fou rire – tu viens avec un talbin de ton copain Pascal[1], OK ?

Jean Zbart repartit ainsi, plus d'une heure après son réveil, la tête chavirée. Cette fille lui plaisait en diable. Un peu grasse en cuisses, peut-être, mais de beaux seins généreux. Puis il avait toujours bien aimé les rousses. Mais surtout, surtout, c'est cette liberté de ton qu'elle avait qui lui avait plu.
Elle n'était pas vulgaire comme nombre de filles qu'il avait rencontrées, ni à te faire un cinéma de mijaurée sucrée. Ce qu'elle avait à te dire, elle te le disait recta, cash, sans fard. À cette sincérité, il fallait aussi ajouter à son crédit une pensée qui sonnait juste. Ce qui était rare chez les femmes.
Enfin, dernier argument, elle semblait libre comme l'air. Il se promit donc de la revoir.

Il rentra cahin-caha chez lui dans sa cagna. Cette fille le hanta littéralement pendant toute la semaine.
Un copain lui ayant indiqué une combine pour gagner un peu de monnaie, il s'aventura. Bon d'accord, c'était de l'argent un peu facile, mais, quoi qu'on en dise, il s'était quand même mis en peine de le mériter, il en avait eu des suées, et ça ne lui est pas

---

1 Blaise Pascal figurait sur les anciens billets de 500 Francs, qui circulaient jusqu'en 2002, où l'Euro a été mis en vigueur. Le billet correspondait à environ 75 €.

tombé tout cuit entre les paluches non plus.

Il revint donc huit jours plus tard sonner chez Nicole. Il n'y avait personne. Du moins, personne ne répondait à ses coups de sonnette devenus rageurs. Il lui laissa donc un mot, avec ses coordonnées. Il lui dit qu'il était revenu avec son bon copain Blaise et que, ne la trouvant pas et ne sachant pas comment la joindre, elle voudrait bien lui envoyer un petit mot et il accourrait.

C'est exactement ce qu'il se passa. Le surlendemain, il reçut un pli, dans lequel elle lui faisait part de sa surprise, d'une écriture appliquée et bien ronde. Honnêtement, elle ne s'attendait pas à le revoir, ni lui ni son copain Blaise, mais, s'il n'avait pas changé d'avis entre-temps, elle serait ravie de le voir le lendemain soir, au cours d'un vernissage dans une galerie dont elle lui précisa l'adresse.

Il débarqua à cette réception, habillé en pingouin. Très gauche, tant il était peu accoutumé à ce genre de déguisement mondain. Il exagéra le trait en la voyant, s'approchant d'elle maladroitement à dessein, un sourire figé sur les lèvres et roulant des yeux. Elle éclata de rire. Elle ne s'était pas embarrassée question déguisement : un jean bleu pâle sur des mocassins beiges, un pull à col roulé sous lequel on voyait se mouvoir ses seins plantureux laissés en liberté, les cheveux relevés en une queue de cheval.

Elle lui fit la bise, d'emblée, en bonne camarade, puis le prit par le bras et le mena d'office vers le buffet, où il se servit une flûte de champagne et croqua dans deux ou trois petits fours, en tentant de l'imiter dans une distinction de bon aloi. Avant de cingler vers des toiles accrochées à une cimaise violemment éclairée, devant lesquelles des nigauds s'extasiaient face à un monochrome ou un point de ponctuation peint de couleur vive sur un fond de couleur complémentaire.

— De la fumisterie, mâcha-t-elle entre ses dents, n'importe quel imbécile est capable d'en faire autant.
— Je n'osais pas le dire, répondit-il, n'ayant pas tes connaissances en art.
— Sais-tu qu'un de ces soi-disant « artistes » a fixé un pinceau trempé dans la peinture à la queue d'un chien, et qu'il a vendu ses « balayages » une fortune à New York ?
— Noooooooooooooon ! fit-il incrédule.
— Si je te le dis ; en fait moins les gens s'y connaissent et plus ils ont peur de l'avouer ; quand ces snobinards incultes achètent, ils spéculent donc pour savoir qui sera le premier à découvrir un génie, alors que ce sont d'infâmes croûtes qu'on leur sert.

Jean était littéralement plié de rire devant une telle mystification. Il s'en donna donc à cœur joie en s'arrêtant devant certains tableaux, éructant des oh ! et des ah ! émerveillés, les yeux écarquillés, les bras largement écartés ; Nicole entra dans le jeu et émettait des commentaires flatteurs « non mais t'as vu ces couleurs ! cette technique (elle prononçait tèche-nique) ! cette maîtrise ! quel art ! quel talent ! quel brio ! ». Les gens alentours s'entre-regardaient, ne sachant si c'était de l'art ou du cochon, gênés de ne pas savoir s'il fallait admirer à leur tour ou bien rigoler franchement et tourner les talons.

Ils rejoignirent bien sûr régulièrement le buffet pour refaire le plein, estimant percevoir de la sorte une juste rétribution de tant d'enthousiasme déployé, tant d'animation apportée à ce pince-fesse triste et compassé, et pour tout dire imbécile car bourgeois en diable.
Quand ils n'en purent plus, l'estomac bien calé, et les yeux lassés de tant d'hypocrisie, ils se concertèrent du regard, avant de se diriger vers la sortie. Ils sortirent et arpentèrent le trottoir, bras-dessus bras-dessous, affectant un air guindé, satisfait de soi,

avant de s'arrêter et s'esclaffer à qui mieux-mieux. À chaque fois que l'un commentait, l'autre repartait dans un rire en cascade, si bien qu'à la fin, ils essuyèrent les larmes qui leur perçaient aux yeux, en bégayant et hoquetant.

Nicole venait certes d'un milieu populaire, voire rural, et de voir des gens ainsi affectés voire affétés, cela tranchait un peu avec la simplicité de son monde, elle-même étant directe ; quant à Jean, il avait fréquenté les salons où la « noblesse » d'argent et des affaires croisait la haute société, parfois à particule, de familles ayant traversé des siècles avec titres et honneurs ; jamais il n'y avait vu autant de « balais dans le cul ».

Recouvrant un peu de son sérieux, Jean tendit une petite enveloppe à Nicole. Devant son regard interrogateur, il précisa : « un mot doux de la part de Blaise ». Sérieux ? Ben oui, il avait promis ; il tenait parole. Elle ouvrit l'enveloppe, vérifia, avant de se jeter à son cou « Merci ! sérieux, je ne m'y attendais pas, malgré ce que je t'en disais ». Elle l'embrassa.
– Tu viens ? fit-elle. Pas parce que tu payes : parce que j'en ai envie.

Ils arrivèrent chez elle. Ils entrèrent tranquillement dans le petit appartement. Elle lui offrit de boire quelque chose.
– Je ne dirais pas non pour un thé ou une tisane, si tu as, émit-il.
Ils burent leur petite tisane digestive sur le canapé, assis côte à côte. Elle pencha sa tête sur son épaule « tu sens bon ». Elle posa sa tasse, lui prit délicatement la sienne, qu'elle posa à côté de l'autre, puis l'embrassa à pleine bouche.
Surpris mais pas mécontent, il lui passa une main dans les cheveux, s'attardant au lobe d'une oreille, lui caressant la joue. Puis il se faufila sous le pull et caressa doucement, du dos de la main, les seins libres, s'attardant vers l'aréole et le téton dardant dru,

40 - *Le Point Rouge*

avant de s'en emparer à pleine main et le malaxer délicatement. Elle fermait les yeux, se laissant envahir par le plaisir qui montait, lui mordant parfois la lèvre. Puis, n'y tenant plus, elle le prit par la main en direction du lit refait de frais.

(la suite, c'est comme pour la chanson de Jeanneton prend sa faucille...)

2ème partie

Ils se virent, se revirent, se ravirent.
Plus ils se fréquentaient, plus profondément ils s'éprenaient l'un de l'autre. Au point que le manque physique de l'autre les tourmentait, les rendait quasiment fous.
Pas de jalousie intempestive, aucun sentiment de domination, ni de rapport de force. Juste une douce aliénation, un vide ressenti comme un manque du drogué invétéré, quand l'autre n'était pas là. Ils s'exploraient et se découvraient toujours plus complémentaires, à la fois pareils et autres, de plus en plus indispensables au bonheur chacun de l'autre. Le « je » avait disparu, devenu une notion négative, pour s'effacer, se fondre dans un « nous » fusionnel.
La vie désormais leur parut inconcevable sans l'autre, tout avenir en dehors du couple illusoire, vain.

Ils avaient exploré chaque recoin de la peau de l'autre, en connaissaient chaque millimètre, ses réactions les plus intimes. Ses envies, ses désirs, ses aversions. Dans leurs ébats, ils s'étaient livrés l'un à l'autre sans arrière-pensée, sans frein – « hopelessly devoted to you » chantait Olivia Newton-John dans Grease.
Ils s'étaient appliqués à toutes sortes d'exercices, hormis le sado-masochisme et les paraphilies, pour lesquels ils n'avaient absolument aucun penchant, ni l'un ni l'autre, estimant que c'étaient des trucs de malades, de pervers. Au contraire, ils s'étaient prêtés à des scenarios destinés à susciter la surprise ou l'émotion, stimuler le désir, exciter leurs sens, jouant de leurs phantasmes, se jouant de leurs peurs, à la rencontre de l'autre, toujours. Ils s'inventaient ainsi, se recréaient, redessinaient les contours de leur univers.
Et il était plus qu'évident que leurs corps, leurs cœurs, leurs esprits, étaient à l'unisson.

Certains parlent dans un pareil cas de moitiés d'orange. D'autres, comme Platon, ont évoqué cet androgyne originel[234], formé de deux êtres de sexes opposés (complémentaires?) couplés ensemble. Deux êtres fondus en un seul. C'était exactement ce qu'ils ressentaient, éprouvaient jusqu'au plus profond d'eux-mêmes, dans l'intimité de leur chair ; comme si on les avait séparés de force avant même leur naissance, et qu'ils se retrouvaient enfin. N'ayant plus qu'un seul désir, celui de se trouver réunis, joints à nouveau, amalgamés.

Évidemment, ils ne tardèrent pas à se mettre « en couple », pour vivre ensemble, ne se quittant plus que pour aller se livrer aux strictes activités indispensables à chacun, elle ses cours, lui ses activités puisqu'il avait renoncé désormais à poursuivre ses études – qu'il ne rattraperait jamais d'ailleurs. Pour se précipiter ensuite l'un vers l'autre, calmant leur angoisse de se perdre dans le bonheur de se retrouver et respirer le même air que l'autre.
Ils déménagèrent, ayant trouvé un nid douillet sous les toits de Paris. Un immense loft, ancien atelier d'un peintre quelconque, qui leur offrait des perspectives de transformation pour l'agencer selon leurs goûts, avec chambre d'amis et – en prévision

---

2   Fiers de leur double nature, les Androgynes voulurent défier les Dieux, et notamment Zeus, en tentant d'accéder au royaume des Dieux. Ceux-ci, en colère, et par la voix et les éclairs de Zeus, décidèrent de punir les androgynes en les séparant en deux êtres distincts. Ainsi seraient nés les hommes et les femmes tels que nous sommes aujourd'hui.

3   "On la retrouve chez presque tous les peuples: les Iraniens (avec Gayomart), les Indiens (avec Purusha), les Hébreux eux-mêmes car, d'après certaines traditions rabbiniques, Adam était lui-aussi une créature androgyne[...], il était homme du côté droit et femme du côté gauche mais Dieu l'a fendu en deux moitiés." Jacques Lacarrière, Au coeur des mythologies

4   Voir, en appendice, la théorie platonicienne de l'Androgyne.

d'une suite heureuse – un débarras dont on pourrait ensuite faire des chambres d'enfant.

Jean, par le truchement de connaissances, de relations, de potes et autres, s'accointa avec le monde de la politique, des affaires, un monde interlope où l'argent semblait couler à flots, avec son cortège d'accessoires : l'alcool, les filles faciles, la drogue, les montres en or, les grosses bagnoles... Des pratiques parfois inavouables, des rencontres furtives, des échanges de regards ou à demi-mot ; des mallettes pleines de billets, parfois des valises. Un univers où il finit par se sentir un peu comme un poisson dans l'eau. À ceci près qu'il ne trompa jamais Nicole.

Il en vint à s'afficher, avoir pignon sur rue, dans une société d'import-export qu'il monta, avec bureaux lumineux au troisième étage d'un immeuble haussmannien, secrétaire, fax et télex, ainsi qu'une plaque de cuivre sur sa porte et au bas de l'immeuble.
Nicole, quant à elle, fidèle à son ambition, avait terminé ses chères études pour intégrer l'Institut National du Patrimoine, afin d'accéder enfin à l'emploi de conservateur de musée qu'elle briguait depuis longtemps.

Ils décidèrent un jour que le temps était venu pour eux de devenir parents, afin de concrétiser leur amour dans de petits êtres rampant, grouillant et piaillant, pleurnichant, faisant des caprices, et mobilisant votre énergie, usant votre patience et abusant de votre amour. Nicole cessa de prendre la pilule.

Malgré la fin de sa contraception, en dépit de leurs ébats qui n'avaient pour ainsi dire jamais cessé, Nicole ne parvenait pas à tomber enceinte.
On leur expliqua d'abord qu'il fallait un certain temps après la cessation de la contraception pour envisager la conception. Puis

on leur parla des cycles féminins, ce qu'ils savaient déjà.
Au bout d'un an tout de même, les médecins se penchèrent sérieusement sur la problématique, et ils entamèrent des examens en un véritable parcours du combattant. Comme leurs appareils reproductifs semblaient opérationnels, on soumit Jean à des spermogrammes, spermocytogrammes ; Nicole à un bilan ovarien, hystérosalpingographie, échographie endovaginale, test post coïtal, caryotype sanguin, écho doppler, hystéroscopie, biopsie de l'endomètre et célioscopie...
L'horreur absolue, avec ses attentes, son angoisse, et le soulagement d'une situation jugée a priori normale mitigé par la déception de ne pas avoir trouvé LA cause.

Voyant que la science s'avérait impuissante, d'un commun accord, ils décidèrent de cesser de s'infliger ces tortures à la fois raffinées et barbares, et de continuer à vivre comme avant. Après tout, on pouvait parfaitement continuer à exister sans descendance, et ils n'étaient pas obnubilés par la transmission d'un nom ni d'un patrimoine. Et puis, au pire, l'adoption, ça existe aussi, sauf que ce n'est pas si simple. En tout cas, échaudés par toutes leurs tribulations, ils s'accordèrent quelque temps de réflexion avant d'entamer un nouveau parcours du combattant.

Et le temps passa ainsi. Leur bonheur intact et sans aucune ombre.
Je ne dis pas qu'ils n'ont pas rencontré de menus problèmes, quelques hauts et plusieurs bas, mais leur amour et leur connivence, leur foi inébranlable en leur couple enfin leur fournissait le courage nécessaire à affronter toute adversité, à surmonter les peines et chagrins, à accueillir les dons du ciel, avec une équanimité presque jamais prise à défaut.
C'est bien simple, leur entourage, leur famille, tout le monde les citait comme le couple modèle, l'idéal pour tout ménage.

3ème partie

Vint l'année 2005. Ils avaient désormais tous deux trente-cinq ans, - une poignée de semaines d'écart les séparait.
Jean, pour suivre ses affaires, s'absentait parfois, en de longs voyages à l'étranger. Enfin, ils leur paraissaient longs à tous deux, car jamais ils n'excédèrent réellement la durée d'une quinzaine de jours ; rarement plus d'une semaine d'ailleurs.

Nicole, néanmoins, vivait de plus en plus mal ces absences, qu'elle vivait un peu comme des abandons. Non qu'elle lui reprochât quoi que ce soit – elle n'en aurait aucun motif d'abord. À son égard, Jean s'était toujours montré irréprochable. Jamais le moindre accroc, la moindre anicroche. Aucun coup de canif dans le contrat, aucun mensonge (ils avaient passé l'âge du Père Noël et de la petite souris).

Rien, objectivement Nicole n'avait rien à lui reprocher. Sauf ses absences. Qu'il évitait au maximum, du reste, préférant déléguer, envoyer une personne de confiance transiger en ses nom et place. Sauf quand il n'était pas possible de faire autrement, que sa présence était indispensable.
Par ailleurs, il s'empressait toujours de rentrer au plus vite aussitôt l'affaire conclue, le contrat signé. Sans perdre de temps, sans lambiner en chemin.
Non, décidément, Nicole ne pouvait absolument rien lui reprocher, à moins de se révéler injuste envers lui.

Et pourtant, une mélancolie la prenait. Un froid l'envahissait, jusqu'à lui glacer la moelle des os. Une tristesse dont elle ne parvenait pas à se débarrasser. Une lourdeur, une torpeur la paralysait ; une impression d'errer comme une morte vivante.
Elle consulta son médecin, qui l'a rassurée aussitôt : ce n'était certainement qu'une petite déprime. Après un bilan sanguin, il

lui prescrivit une cure de vitamines et de minéraux. Hop ! une chtite tape sur les fesses et au lit, vous verrez, demain ça ira mieux, ma bonne dame.

Mais le lendemain, ça n'alla pas mieux. Si, en fait, mais imperceptiblement. Elle sentait confusément que ça n'allait pas. Bien qu'apparemment en bonne santé physique, au fond d'elle, elle fondait, éprouvait l'impression de se noyer, de tomber dans un trou sans fond dans lequel elle s'enfonçait irrémédiablement.

Elle alla voir un psychiatre. Un de ces hommes qui vous soulagent de votre argent avec une assurance et une conviction absolues, mais pas forcément de vos maux. Comme disait l'autre, j'ai suivi pendant dix ans une thérapie qui m'a coûté 50.000$, j'ai perdu dix ans et 50.000$ (c'est les Américains qui en parlent le mieux finalement).

Elle sentait le malaise continuer, survivre à toute tentative de lutte, s'enfoncer plus profondément en elle. Croître, l'envahir totalement, la dévorer toute entière, la ronger sur pied à la façon d'un cancer.
Jean, quant à lui, se sentait immensément malheureux. Bien qu'elle ne lui en parlât pas, il voyait que quelque chose clochait. Elle avait perdu sa joie de vivre, son sourire était désormais terne, ses yeux éteints. Son âme était gangrenée, et il en ignorait la raison. Il ne savait que faire, comment l'aider, que lui dire. Il avait beau se rapprocher d'elle, la prendre dans ses bras, la bercer tendrement en lui chantonnant de jolies chansons, il voyait bien que, malgré tout le mal qu'il se donnait, il n'arrivait pas à la faire revenir.

Il l'emmena à la montagne, dans un superbe chalet aménagé au pied des sommets enneigés. Une vue magnifique s'étendait à l'infini devant leurs regards, avec de lointaines forêts de coni-

fères odoriférantes et, en bas, vers la vallée, de vastes et vertes prairies dans lesquelles paissaient de paisibles vaches, agitant de temps à autre les cloches qu'elles portaient autour du cou. Les couchers de soleil étaient féériques, à la fois semblables et différents.
Elle parut s'éveiller un peu, revenir à la vie. Des couleurs lui montaient aux joues.
Le froid la stimulait, ainsi que le calme de ces immensités sereines, loin du brouhaha et des cohues de la ville.
Elle s'anima, son sourire s'éclaira, elle fredonnait parfois.

Ils rentrèrent au bercail. Les bienfaits persistèrent trois jours, puis la bête tapie au fond d'elle ressurgit, dévorant son entrain, déchiquetant son appétit de vivre.
Un soir, Jean rentra et la trouva en train de boire un plein verre de whisky, seule. Elle ne buvait auparavant que fort rarement, dans des moments privilégiés, et toujours accompagnée. L'alcool était pour elle festif, et non pas un médicament. Il s'assit auprès d'elle sans un mot. Toujours silencieux, il lui ôta doucement mais fermement le verre des mains pour le poser sur la table basse, attendit qu'elle prenne la parole, qu'elle proteste.

Au lieu de cela, elle fondit en larmes, se pelotonna contre lui, la tête enfouie dans son giron. Sans un mot, il lui caressa la tête, les épaules, insistant un peu en signe d'affection et de soutien muets. Le chagrin sortait d'elle désormais à gros bouillons, sourdant du tréfonds de son être.
Terrassée, épuisée par cette crise lacrymale, rassurée aussi par l'odeur de sa peau qu'elle sentait tout contre elle, elle finit par s'endormir, sombrant dans un sommeil sans fond. Il attendit quelques minutes puis la prit dans ses bras et l'emmena au lit, où il la déshabilla et la coucha, la bordant tendrement, éteignant les lampes pour ne laisser qu'une modeste veilleuse dans un coin, au cas où elle se réveillerait.

Il lui prit un rendez-vous chez le médecin. Ils reprirent une batterie de tests et d'examens : hormones, radios, et tutti quanti. Les résultats ne décelèrent aucune maladie curable ou incurable connue, aucun cancer. Tout semblait désespérément normal.

Jean l'emmena cette fois à la mer, dans les hauts de Nice, un coin qu'elle aimait bien. L'air y était pur, le paysage calme à l'exception des bruits habituels de la campagne : cloche de l'église, cris d'animaux, vrombissement d'un tracteur de temps à autre, pétarade d'une mobylette. Le soleil régnait en maître, dardant sa chaleur qui réchaufferait même un mort.
Dans la vallée du Var en contrebas, les vitres des serres reflétaient ces rayons généreusement, aveuglant le téméraire qui aurait oublié de chausser des lunettes protectrices. Et, plus loin, le miroir de la Méditerranée, avec par endroits les points mouvants et sombres des vagues. Par moments, la brise leur arrachait un peu de blanche écume, dont elle portait la fraîcheur saline au loin, profond dans les terres.

Nicole paraissait se remettre un peu, reprendre des couleurs en même temps que du poil de la bête.
Mais cela ne dura – hélas – pas longtemps. Le monstre hideux ressurgit des sombres profondeurs où il s'était provisoirement tapi. Le répit fut de courte durée, et la rechute d'autant plus brutale. Le niveau de liquide dans la bouteille de whisky chutait vertigineusement et Nicole paraissait se complaire – ou se réfugier ? – dans un état second, où elle avait de plus en plus de mal à articuler les mots, à formuler ses pensées. Elle s'anesthésiait, noyait sa conscience, s'empêchait de penser, d'espérer comme de désespérer.

Jean était effondré, ne sachant plus que faire.
Ils rentrèrent à Paris, où il avait pris rendez-vous chez un spé-

cialiste, en désespoir de cause.

Le soir, il rentra du travail, s'attendant à la retrouver prostrée, à demi inconsciente, le verre à la main. Mais l'appartement était vide. Il se précipita vers la chambre afin de vérifier si elle ne dormait pas par hasard.
Le lit était vide. Des robes gisaient, éparses, dans tous les coins, ainsi que des paires de souliers.
Se dirigeant vers la salle de bains, il appela « Nicole, youhou ! tu es là mon ange ? ». Aucune réponse. La salle de bain était vide. Toutes les autres pièces de l'appartement également.

4ème partie

Sérieusement alarmé maintenant, il décrocha le téléphone, et entreprit d'appeler tour à tour leurs communes connaissances. Personne ne l'avait vue depuis belle lurette, et l'on commença à s'inquiéter avec lui. Tantôt avec ménagement, en demi-teinte, tantôt plus directement, grossièrement.
Il raccrocha, et s'apprêtait à descendre dans la rue. Peut-être était-elle tout simplement sortie faire une course, et avait croisé inopinément un voisin, une connaissance, et était-elle en train de bavarder tranquillement, sans s'imaginer qu'il pourrait s'inquiéter.

Il posait la main sur la poignée de la porte d'entrée, lorsque le grelot du téléphone se mit en branle. Il fit demi-tour à l'instant même, et se précipita sur l'appareil, haletant, le serrant convulsivement :
– Allô, c'est toi mon chéri ? où es-tu ?
– Allô bonjour, lui répondit une voix nettement masculine, je suis bien chez M. Zbart ?
– Oui, Jean Zbart à l'appareil. Que voulez-vous ?
– Ici le commissariat, M.Zbart. Vous êtes bien le mari de Mme Zbart Nicole, née Fayard ?
– Oui, qu'y a-t-il ? Il lui est arrivé quelque chose !
– Je suis au regret de vous dire que votre femme a eu un accident de la circulation, sous le pont de l'Alma, il y a environ une heure ; et qu'elle a été emmenée en ambulance à l'hôpital Lariboisière.
– Merci monsieur, je vais voir immédiatement.

Il raccrocha, sauta dans sa voiture, et fonça vers Lariboisière. À l'accueil, l'hôtesse débordée l'informa qu'il devrait aller aux Urgences, lui en indiqua même obligeamment le chemin.
Aux Urgences, il y avait plein de monde, et un va-et-vient inces-

sant d'ambulances, de pompiers du SAMU, d'infirmiers avec leurs brancards. Sur des charbons ardents, il se précipita vers la banque d'accueil. Il se fit connaître, exposa ce qui lui avait été dit au téléphone par le commissariat, savoir que sa femme avait eu un accident de la circulation et qu'elle devait avoir été transportée ici.
L'hôtesse lui demanda de patienter, elle s'informerait. En attendant, s'il voulait bien se calmer, s'asseoir dans la salle d'attente, elle l'appellerait lorsqu'elle aurait du nouveau.
Comme abattu par un coup de massue, il entra dans la salle d'attente et s'effondra sur un des sièges. Consultant compulsivement sa montre, il se levait toutes les deux minutes et se précipitant vers l'hôtesse, lui demandait si elle avait pu avoir des nouvelles. Invariablement, elle lui répondait qu'elle l'appellerait si c'était le cas, qu'il ne s'inquiète pas.

Environ dix minutes plus tard, enfin, un interne entra dans la salle d'attente et demanda si un certain M.Zbart était là. Il se redressa et se leva d'un bond. L'interne lui demanda de le suivre dans son bureau.
Pressentant une issue désagréable, Jean le bombarda de questions, auxquelles le médecin ne répondit pas. Lui faisant prendre place dans un étroit fauteuil en face de son bureau, l'interne piocha au passage un dossier sur une armoire basse, avant de s'installer, de l'ouvrir posément. Puis, d'un ton monocorde, il résuma la situation, tandis que Jean bouillait sur place.
Accident de la circulation – pont de l'Alma – 16 h 42 – police – pompiers – désincarcération – SAMU – mise sous perfusion – Urgences – tentative de réanimation – multiples tentatives, rectifia-t-il – décès constaté à 17 h 58. Voulait-il la voir ? Je vous préviens, ce n'est pas très joli.

Jean était littéralement anéanti. Il avait encaissé les informations l'une après l'autre, se recroquevillant au fur et à mesure

sur son siège. Il en était réduit à une sorte de tas informe, aboulique, comme absent de tout ce qui l'entourait. L'interne répéta doucement : « Je suis vraiment navré ; voulez-vous la voir ? ».
Il le suivit dans un dédale de couloirs blancs et froids, jusqu'à une pièce aveugle, éclairée par des néons tremblotants. Soulevant un drap, l'interne dévoila le visage de Nicole, du moins de celle qui fut Nicole. Jean fondit en larmes.

Ses parents mis au courant de la tragédie débarquèrent le lendemain. Son père, Maxime, lui donna une accolade virile, pleine d'une tendresse bourrue mais sincère. Sa mère Heleni, digne de ses ancêtres lacédémoniens, ne pipait mot, ravalant ses larmes (plus par compassion pour le malheur de son fils que par amour de Nicole). Elle s'activait comme une petite souris, discrète mais efficace, toujours là, à portée de main ou de voix, effacée mais présente. Muette, elle lui tendait sans qu'il le demandât un mouchoir, un stylo, l'installait dans un fauteuil, lui versait un verre de remontant.

Il n'y eut pas d'enterrement. Nicole ne l'aurait pas voulu. Au lieu de cela, elle avait demandé, lorsqu'ils avaient un jour évoqué le sujet, à être incinérée, ses cendres répandues dans la nature.
Jean s'achemina donc, muni de l'urne funéraire, vers Lusigny, dans l'Allier, afin de voir avec ses parents âgés et impotents quels seraient leurs souhaits à eux en la matière.

Le moins qu'on puisse dire était que l'accueil manqua de chaleur. D'accord, il n'était pas responsable de ce qui était survenu à Nicole, mais jamais non plus ses parents ne s'étaient manifestés, ni pour leur mariage, ni pour un anniversaire, ni pour rien du tout. Aucune marque de sympathie, de compassion. Juste des cris, des pleurs, limite des imprécations. Leur fille indigne ayant abandonné le foyer pour faire la pute à Paris (comment ils avaient appris, on l'ignore – ou alors ce n'était que pur phan-

tasme), mariée sans leur consentement, etc, etc.
Jean, blême, noué, résista encore quelques instants, fermant les yeux sur sa douleur, se bouchant les oreilles sur leurs cris, lamentations, vitupérations, qui lui écorchaient les oreilles. Puis, soudain, il ne se leva pas car il était déjà debout, n'ayant jamais été invité à s'asseoir, il tourna les talons, prit la porte qu'il claqua derrière lui. Sans un mot, sans se retourner.

Arrivé à Moulins, il fit à pied un tour de ville pour se calmer, après avoir posé son maigre bagage et l'urne à l'hôtel.
Sur le pont Régemortes, qui marquait l'ancienne ligne de démarcation pendant l'Occupation, il se pencha vers l'eau. À ce niveau, l'Allier – qui serait le véritable fleuve parait-il, au lieu d'un simple affluent de la Loire, car les saumons remontent toujours le lit de la même rivière, ce qui était le cas de l'Allier – à ce niveau donc, une sorte de barrage servant de soutènement au pont écroulé à plusieurs reprises et rebâti autant de fois par la suite, faisait cascade. L'eau dégringolait avec fracas, couvrant le bruit des voitures circulant sur le pont.
Il resta là un long moment. Il ne saurait dire au juste combien de temps. Mais quand il se réveilla, sortant de ses rêveries et reprenant conscience, il se sentit comme lavé de l'intérieur, frais, dispos, un autre homme.

Évitant la place d'Allier, il coupa par le dédale de ruelles du quartier des Mariniers, avant de remonter vers la fausse cathédrale des bourgeois, construite par des jaloux de l'authentique cathédrale qui dominait la Ville Haute.
Celle des bourgeois – faut-il être bête – était de tuffeau, un matériau sans doute bien moins cher mais beaucoup plus friable et abondamment corrodé par la pollution et les pluies. De plus, elle était orientée vers l'Ouest, alors qu'il était patent qu'elle aurait dû l'être vers Jérusalem, donc à l'opposé.
Plus loin, l'ancienne prison, surnommée la Malcoiffée, transfor-

mée en musée du costume bourbonnais – ça aurait plu à Nicole, songea-t-il tendrement. Un peu plus haut, la véritable cathédrale, en face du palais des Ducs de Bourbon.
Deux cents mètres encore, et il parvint à l'hôtel de Paris, près des cours et de l'ancienne Porte du même nom.

Après dîner, il revint vers le pont, l'urne sous le bras. Dans la nuit, sous l'éclairage orangé des réverbères, il lui trouva une parenté avec le Pont Charles, à Prague, cette capitale de la Bohème qu'ils avaient visitée en un week-end amoureux à leurs débuts, peu après la chute du mur de Berlin.
Il s'arrêta au milieu du pont, vérifia qu'il était seul, avant d'ouvrir l'urne et répandre les cendres de son défunt amour dans les eaux bouillonnantes de l'Allier. Les confiant au flot qui les acheminerait soit vers les rives, soit, ce qui était moins probable mais pas impossible, vers l'embouchure de la Loire et l'océan.

5ᵉᵐᵉ **partie**

Il remonta sur Paris. Retrouva l'appartement vide. Encore plus vide sans elle. Affreusement, irrémédiablement vide.
De partout, où qu'il tournât les regards, les souvenirs affluaient vers lui, convergeaient, l'engloutissaient pour le noyer dans un chagrin incommensurable, abyssal. Hadal.
Il s'enfuit, se réfugia à son bureau où, dans une pièce fermée la plupart du temps, était installé un canapé de fortune, servant à dépanner un ami ou lui-même, en cas d'horaires tardifs.

Il y campa pour la nuit. Non sans avoir préalablement opéré une incursion dans le minibar, dont il vida tous les fonds de bouteille qu'il trouva.
Le lendemain, la secrétaire fut surprise de le trouver là, embrumé par le sommeil et la boisson, débraillé, hâve, pas rasé, pas peigné, empestant l'alcool, en équilibre instable, le regard fou perdu dans une autre dimension, hagard. Elle lui fit un café qu'il refusa, voulant dormir, rien que dormir.
Qu'elle ferme les rideaux, les volets, qu'elle parte, rentre chez elle, prenne sa journée, qu'elle le laisse seul, par pitié. Tout ce qu'il voulait, c'était de rester seul, recroquevillé comme un animal blessé sur son chagrin, sa douleur qui lui ôtait tout sens. Il ne supportait personne, ni le bruit, ni la lumière, ne cherchant que le néant.

Elle le coucha donc, le borda, ferma rideaux et volets, puis le laissa là, non sans lui avoir demandé s'il n'avait besoin de rien. Rien, non merci.
Avant de refermer la porte sur elle, comme prise d'un remords, elle appela en cachette les parents de Jean, leur expliquant à voix basse – de peur de se faire surprendre – la situation et son impuissance, son propre désarroi.
Elle craignait qu'il ne fasse une bêtise, confia-t-elle, elle s'en

voudrait alors toute sa vie. Elle était en plein désarroi, ne savait que faire pour cet homme, son patron si adorable d'habitude, presque un ami.
Maxime, le père, la rasséréna. Elle pouvait partir tranquille, il prenait les choses en main.

De fait, Maxime débarqua le soir même. Il appela un médecin de ses amis. Lequel vint, constata, diagnostiqua une dépression réactionnelle. Normal, commenta-t-il, vu les circonstances.
Il prescrivit un changement de milieu, une délocalisation, avec une surveillance discrète mais constante.
Le grand air lui ferait le plus grand bien, martela-t-il. Surtout si ce n'est pas l'air d'ici.

Retour sur Marseille. Maxime lui dégota une petite villa sur Cassis. La mer, le soleil, le port, l'ambiance familiale et sans façon de la Provence de Pagnol, l'accent chantant, devaient constituer un divin remède.
Les copains d'enfance, apprenant sa venue, vinrent tour à tour, individuellement ou parfois en groupe, toquer à sa porte.

Au début, Jean se laissa forcer à la fois la main et la porte. Mais malgré l'accent des cigales, malgré l'évocation des souvenirs communs de collège – toutes ces conneries d'adolescents commises ensemble, ces heures de colle, ces virées – il estimait que c'étaient là des choses appartenant à une autre vie, révolue, à laquelle désormais il était devenu étranger.

Voilà le mot : étranger. Il l'était désormais à tout et à tous, même et y compris à lui-même. Il ne s'intéressait plus à rien de tout ça, ni au passé, ni au présent, ni à l'avenir, surtout pas à l'avenir – pouvait-il exister un avenir sans elle ? ne trouvait plus aucun intérêt, plus aucun goût à la vie. Il ne voyait plus que du gris. Du gris pâle, du gris foncé, mais du gris, du gris, rien que

du gris, toujours du gris. Et avait constamment en bouche un goût de cendre.
Avec Nicole, il avait perdu sa raison de vivre, sa raison de se lever le matin, d'aller affronter le monde et rapporter, vainqueur, hommages et fortune au logis.

Puis il ne répondit plus au téléphone, finit par ne plus ouvrir sa porte – de toute manière, la femme de ménage, une femme discrète et diligente qui le connaissait depuis tout petiot, elle avait les clés. Il ne sortit plus de chez lui, bientôt plus de la chambre, et pour finir plus de son lit. Il ne regardait plus la télé, ne lisait plus les journaux. Il rejetait tout de ce monde douloureux, se repliait, souhaitant s'engloutir en lui-même.
Par contre, dieu seul sait comment il faisait pour s'approvisionner, il avait toujours une bouteille à portée de la main.

Et la descente aux enfers se poursuivit ainsi longtemps. Cela dura des jours, des semaines, des mois. Il ne s'en apercevait pas, dans un état désormais constant d'imprégnation éthylique, d'oubli, d'excorporation en quelque sorte. Le temps, pour lui, était immobile, figé sur ce bonheur anéantit soudain. Ou il était hors du temps, ce qui revient au même.
Bien sûr, il percevait, inconsciemment et à la marge, de menus changements : les vêtements de Maria, la bonne, de temps à autre un bouquet de fleurs, une odeur de cuisine. Mais tout cela l'indifférait profondément, viscéralement.
Au fond, il voulait mourir. Oui, c'est cela : mourir, cesser d'exister, de penser, de ressentir, de souffrir.
Seulement voilà : jamais il n'aurait le courage de s'éliminer lui-même.

C'est ainsi que naquit l'idée. Elle lui trotta dans la tête, en gestation quelque temps, germa, puis prit forme.
Petit à petit, cette idée ranima le peu de vie qui restait en lui, du

moins le souffle qu'il s'octroyait. Mu par ce projet – qu'il trouva brillant et dont il s'enthousiasma aussitôt – il contacta un de ses potes, dont il savait les connexions avec la pègre.
Il se leva, s'habilla, et quoiqu'encore un peu flageolant, mal assuré sur ses jambes, il prit un taxi jusqu'au bar où ils devaient se retrouver. Là, entre deux verres, il lui dévoila en partie son intention, faisant valoir qu'il avait besoin d'un homme de main, un tueur à gages discret et efficace, mais fiable aussi. Son copain ne lui posa aucune question, ne lui promit rien, sinon qu'il allait voir. Il le tiendrait au courant.

Moins d'une semaine plus tard, le copain le rappela. Il avait ce qu'il lui fallait, une perle rare, discrétion absolue assurée ; seul hic, il était un peu cher, mais le résultat était garanti. Il lui avait pris un rendez-vous d'office – à moins qu'il n'ait renoncé ? Non ? OK, ça roulait ; il lui communiqua donc le lieu et l'heure.

Lorsque Jean arriva, l'homme l'attendait déjà. Manifestement depuis quelque temps déjà, car il était confortablement installé sur la banquette de moleskine, deux bouteilles de soda vides devant lui, et un verre bien entamé.
– Je ne suis pas en retard, si ? demanda Jean.
– Non, rassurez-vous. Mais j'aime arriver en avance, ça me permet de repérer les lieux.
– Un scotch garçon ! commanda Jean au serveur, et vous vous prendrez quoi ?
– Rien merci, je suis déjà servi. Et jamais d'alcool, c'est une règle de base dans mon boulot.
– De toute manière, mon copain répond de vous. Je suppose qu'il vous a déjà exposé mon projet ?
– Dans les grandes lignes... Disons que vous avez « un colis à livrer » à quelqu'un et que je devrais être le « messager ».
– C'est un peu ça, oui. Et vous prendriez combien pour porter le message ?

– 50.000 €, moitié à la commande, l'autre moitié à la livraison.
– OK. Je vous double votre tarif, et paye la totalité d'avance, mais ma commande est un peu particulière...
– J'écoute.

Et Jean lui exposa son projet.
La victime désignée serait lui-même. Il se présenta, et lui fournirait en cas d'acceptation tous les renseignements nécessaires pour le « joindre ». C'est donc lui que le tueur devrait « livrer ». Celui-ci haussa le sourcil, mais ne dit rien, le laissant parler. Il devrait donc l'éliminer, mais pas tout de suite, ce serait trop simple. Et à trois conditions.

Première condition : il devrait l'abattre dans un avenir indéterminé, un mois, six mois, un an, deux, voire trois, sans prévenir, comme ça, d'un moment à l'autre, à l'improviste.
Deuxième condition : il ne devrait tuer que lui et uniquement lui. S'il était accompagné ou au milieu d'une foule, le tueur devrait s'assurer qu'il n'y aurait strictement aucune autre victime.
Troisième condition : il fallait que ce soit immédiat, sans bavure, sans souffrance. Une mort instantanée.

Le tueur parut un peu surpris par le caractère insolite, mais n'objecta pas. C'est vous qui payez, c'est vous le boss, fit-il. Il était d'accord. Comme Jean n'étant pas certain ni de le rencontrer, ni de son acceptation, il n'avait pas emporté d'argent avec lui. Ils durent donc convenir des modalités de paiement, étant entendu que ce serait leur dernière entrevue.

6ᵉᵐᵉ partie

Ce projet a priori fou sembla redonner quelque vigueur à Jean. Un peu d'adrénaline le stimulerait bien plus efficacement que tous les médicaments du monde. La vie, de toute manière est une maladie mortelle puisque, quoi qu'on fasse, l'issue en est toujours fatale. Et une épée de Damoclès planant au-dessus de votre tête, sur laquelle vous n'avez aucune maîtrise, pimentait un peu cette chienne de vie. Déjà, il y retrouvait un goût certain ; celui de ses ancêtres joueurs, adeptes de la roulette russe.

Maria, la bonne, le surprit le lendemain en train de siffloter en se rasant, avant d'apparaître complètement et correctement habillé dans la cuisine et s'attabler devant le petit-déjeuner qu'elle lui avait préparé. Elle sourit lorsqu'il lui réclama un autre café et plus de tartines. Cependant, elle ne pipa mot. On ne sait jamais, parfois des soufflés s'effondrent plus vite qu'ils ne sont montés.
Il prit une canne de marche qui traînait à côté de la porte, lui picota une bise sur la joue et lui lança : « Je vais faire un tour au port », avant de sortir en sifflotant. Une heure plus tard, en allant chercher son poisson, elle le trouva attablé au café, disputant une partie de backgammon au milieu d'un petit groupe de curieux. Elle sourit à nouveau, puis fila vers la maison lui préparer un repas qu'elle prévoyait pantagruélique.

Petit à petit, les copains revinrent, répondant présents à l'appel, la maison s'emplissait à nouveau, animée parfois par des discussions qui s'éternisaient jusque tard dans la nuit. Il fit un saut à Marseille, rassurer sa mère. Bien sûr, elle était déjà au courant, et c'est la mine réjouie qu'elle accueillit son fils, sans se montrer trop démonstrative cependant ; ce revirement était si soudain, si brusque, qu'elle se méfiait quand même, redoutant une rechute aussi ample, sinon plus encore.
Il reprit des couleurs, ayant réduit fortement et depuis long-

temps déjà sa consommation d'alcool.

Il brassait à nouveaux mille projets, passait du temps au téléphone avec sa secrétaire à Paris, qui lui arrangeait un maximum de chose à distance, grâce notamment au fax qu'il avait acquis sur place.

Bien sûr, par moments, des nuages assombrissaient son regard, lorsqu'il pensait à Nicole, ou lorsqu'on évoquait son nom, de près ou de loin, comme des détails de leur vie antérieure. Il restait pensif, les yeux tournés vers l'intérieur, comme en une prière muette, avant d'émerger, s'ébrouer, et reprendre la vie à pleines mains, à pleine bouche.

Il ne se sentait pas de retourner dans leur appartement, néanmoins. Aussi avait-il mandaté sa secrétaire pour qu'elle lui trouve un nouveau logement qu'elle meublerait à neuf, s'occupe de la vente de l'ancien, liquidant tout le mobilier et les vêtements qui s'y trouvaient.
Il lui faisait cadeau des bijoux de Nicole, à condition soit qu'elle les portât hors de sa vue, soit qu'elle les bazardât, les donnant ou les vendant. Cela constituerait sa gratification pour s'être occupée diligemment de cette pénible parce que douloureuse corvée.

Six mois plus tard, il revint sur Paris. Reprit les affaires délaissées, en chercha et trouva de nouvelles. Dans le lot, quelques-unes passèrent par pertes et profits ; c'est la vie. Il recommença à sortir, sans excès toutefois. Les choses reprenaient – presque – comme avant, sauf qu'il était seul désormais, dans un appartement chaleureusement meublé et équipé certes, mais dans lequel il se sentait comme en location, ou à l'hôtel. Y manquait une histoire, une âme.

Il croisait des femmes, auxquelles il souriait, qui lui souriaient en retour, certaines même lui faisaient des avances. Il hésita longuement, craignant de voir ressurgir la souffrance. Ou l'amère déception de constater combien elles seraient pâles à côté de Nicole, après elle.

Le corps a ses exigences pourtant, il faut qu'il exulte. Il céda enfin, mais en s'imposant de ne pas s'attacher. Aucune relation ne devrait durer. Une nuit, deux, pas plus. Pas d'habitudes. Pas de dépendance. Pas de serments.

Certaines femmes lui firent part de leur frustration, voulant s'engager – ou plutôt qu'il s'engageât. Il leur mit le marché en main, à prendre ou à laisser. Quelques-unes acceptèrent, d'autres refusèrent. Une ou deux tentèrent tout de même de renverser la vapeur, de s'incruster. Il leur rappela les règles, dont elles étaient convenues, les reconduisant courtoisement mais fermement vers la porte.

Il ne retrouva pas à proprement parler le bonheur, ni l'oubli. Il apprit simplement, avec le temps, à meubler, à accepter l'inévitable. Le temps est un émollient généralement efficace, même avec les plus grandes douleurs. Léthé est un fleuve inexorable, parait-il.

La vie avait repris un cours à peu près normal pour Jean, lorsqu'un jour, au détour d'une rue, il éprouva un choc en voyant venir vers lui une femme jeune, sosie ou sœur jumelle de Nicole. Il ferma les yeux. J'hallucine, c'est impossible, se dit-il.

Il les rouvrit. Elle se tenait devant lui, le nez levé vers lui, bombant légèrement le torse, comme par provocation.

– Vous ne vous sentez pas bien ? s'enquit-elle.
– C'est que vous ressemblez comme deux gouttes d'eau à quelqu'un que j'ai fort bien connu...
– Allons bon ! C'est la première fois qu'on me la fait celle-là.
– Je vous assure... mais évidemment, vous n'êtes pas obligée de

me croire. Se reprenant : vous vouliez me demander quelque chose ?
— Oui, dit-elle, voilà : je viens de débarquer à Paris, et je cherche un petit resto sympa et pas cher dans le coin, que je trouve chouette. Vous ne connaîtriez pas un truc dans le genre, par hasard ?
Il regarda sa montre :
— Vous avez raison, c'est l'heure de déjeuner. Venez, j'ai ce qu'il vous faut.

Et il l'emmena vers sa cantine habituelle, pas vraiment ruineuse, mais pas vraiment donnée non plus. Jetant un rapide coup d'œil sur les lieux, tendant le cou vers la carte et ses prix, elle fit :
— Vous êtes sûr ? ça a l'air chouette mais pas gratos non plus !
— Ne vous inquiétez pas pour ça, c'est moi qui régale.
— Mais je ne peux pas accepter ! je ne vous connais pas, d'abord.
— Oh ! Si ce n'est que ça, je me présente : Jean, Jean Zbart
— Enchantée, Héloïse, Héloïse Rousseau...
— Bien, maintenant que connaissance est faite, vous venez ?

Elle partit d'un rire gai, cristallin. Au fond de lui, Jean sentit la fatalité inflexible réveiller un sentiment déjà éprouvé il y a très-très longtemps ; il était en train de tomber amoureux (à nouveau). Il chassa rapidement cette idée saugrenue.
Installés dans un coin tranquille, ils commandèrent. En guise d'apéritif, elle prit un jus de fruit frais pressé. Il attaqua un whisky, sentant qu'il en aurait bien besoin.
Se sentant un peu obligée, Héloïse entama la conversation. Elle débarquait de son Gers natal (ça s'entendait à son *assen*, non?) et venait prendre un poste longtemps convoité. À l'orée de la trentaine, il était temps de songer sérieusement à sa carrière.
— À l'orée ? reprit-il.
Elle rougit.
— Vingt-neuf ans, précisa-t-elle, pourquoi ? ça vous choque ?

Rassurée, elle continua. Elle était journaliste, faisait des piges dans un canard local, la PQR, la PQR ? la Presse Quotidienne Régionale, ainsi que quelques prestations pour France3. Et tout-à-coup, là, on lui avait proposé une rubrique sur une chaîne de grande écoute. Elle avait par ailleurs des contacts avec quelques grands quotidiens, et ne désespérait pas d'y faire son trou.
En attendant que la première paye tombe, en revanche, il faudrait qu'elle surveille son budget, un peu ric-rac, surtout vue la cherté de la vie parisienne. C'est pourquoi elle s'était aventurée à lui faire cette demande qui avait eu l'air de tant le bouleverser (à vous les studios, comme on disait à la téloche).

– Mais non, se récria-t-il, elle n'y était absolument pas. Sa demande ne l'a ni bouleversé ni perturbé en quoi que ce soit. Ce n'est pas à sa démarche qu'il avait réagi, mais au souvenir qu'elle avait ressuscité en lui. Une histoire personnelle, quelqu'un qu'il a beaucoup aimée – non pas quelqu'un, pas n'importe qui, sa femme pour être exact. Et qui a eu une fin tragique.
– Désolée, fit-elle.
– Mais vous n'y êtes pour rien. Ce n'est pas de votre faute si vous lui ressemblez comme deux gouttes d'eau. Oui, je sais, ne me regardez pas comme ça, je ne vous mens pas, je ne vous drague pas. Ce n'est pas parce que je vous invite à déjeuner que ça vous lie – ni moi non plus d'ailleurs. En plus, vous êtes parfaitement libre de vous lever et de partir, si vous vous sentez gênée. Ce n'est pas dans mes habitudes de capturer les gens pour les rançonner ou des trucs dégueulasses dans le genre.

Devant son air subitement pincé, elle se mit à rire.
– Pardon, je ne voulais pas vous vexer. C'est tout simplement que ça m'a paru proprement incroyable.
– Mais je vous rassure, vous avez trouvé le mot adéquat : c'est proprement incroyable. C'est même dingue quand on y pense. En ce qui me concerne, j'ai une société d'import-export dans le

coin, ce qui explique que j'ai choisi ce troquet comme cantine. Si ça marche ? Je n'ai pas à me plaindre. Tenez, d'ailleurs, puisqu'on en parle, je vais vous donner ma carte avant que j'oublie. Je suis parfois d'une inexcusable distraction, surtout face à une jolie fille comme vous.
– Flatteur !
– Quoi, flatteur ? vous ne vous trouvez pas jolie peut-être ? À propos, Héloïse Rousseau, en référence à la Nouvelle Héloïse ?
– Exact, mon père aimait beaucoup Jean-Jacques, bien qu'on ne soit pas de la même branche... Quoique, rajouta-t-elle en riant, avec sa propension à grimper dans les arbres, va savoir !

– À propos toujours, vous m'avez dit que vous débarquiez dans la capitale, mais je ne vous vois pas de bagages. Vous les avez perdus en route, vous les avez laissés à l'hôtel ? en d'autres termes, vous savez où loger ? Naaaan, ne me regardez pas comme ça ; aucune mauvaise intention ou invitation saugrenue. Si vous ne savez pas où loger, je connais une petite pension que j'aurais pu vous recommander, en attendant que vous trouviez ailleurs. Ah ! vous les avez laissés chez une copine, qui vous héberge provisoirement. Bien-bien. Écoutez, je vais quand même vous donner les coordonnées de la pension, on ne sait jamais ; allez-y de ma part, c'est une amie à moi, soyez sans crainte. Et sinon, vous avez mes coordonnées à moi, n'hésitez pas.

Il la quitta avec un regret évident.
– Pour être tout à fait sincère, j'aurais beaucoup de plaisir à vous revoir. Je vous dis ça parce que je le pense. Mais ne vous sentez pas obligée, si vous n'en avez pas envie. Je peux vous faire la bise ?
Un vent sec se levait dans son cœur.

7ème partie

Il commençait à croire qu'il avait rêvé tout cela, qu'il se faisait des films, qu'elle ne le rappellerait jamais. Pourquoi donc le rappellerait-elle ? parce qu'il l'avait invitée à déjeuner ? Une jolie fille comme ça ne devait pas peiner à se faire inviter, elle devait même certainement en refuser, des invitations. Parce qu'il lui avait dit qu'elle était jolie ? on devait le lui dire tout le temps, penses-tu. Parce qu'il lui avait dit qu'il aimerait la revoir ? beaucoup devaient lui l'avoir proposé, beaucoup devaient le penser, et beaucoup devaient être déçus...
Parce qu'il lui avait dit qu'elle ressemblait à Nicole ? à bien y réfléchir, ce n'était sans doute pas un compliment pour elle, d'être assimilée, comparée à une autre ; se voir inviter à emprunter les oripeaux d'une inconnue dont elle ne savait rien. Les femmes aiment être aimées pour elles, allons ! et non parce qu'elles en évoquent une autre.

Presque un mois plus tard – vingt-sept jours exactement, il avait compté – elle l'appela. Il se retint pour ne pas sauter de joie. Méfiant, en même temps, d'une déconvenue subite et peut-être assassine. À propos d'assassin, ça allait faire presque un an qu'il l'avait embauché celui-là, et il ne s'était pas manifesté. Avait-il oublié, ou alors planait-il dans les environs, dans l'attente du moment et de l'endroit propice ? Il se dit qu'il avait sans doute agi un peu vite, qu'il serait peut-être encore temps de stopper la machine. Il faudrait qu'il voie ça avec son copain. Dès demain.

Se recentrant enfin sur l'appel en question, il se souvint qu'elle l'invitait à son tour à déjeuner jeudi. Même heure, même endroit. C'était convenu.

Le lendemain, il appela donc son copain marseillais, lui demandant de contacter son livreur. Ce dernier transmis bien le message, puisque que, une poignée d'heure plus tard, le livreur appela.

– Allô, M. Zbart ?
– Lui-même.
– Bonjour, je suis votre livreur. Vous vouliez me parler, à ce que j'ai compris.
– Bonjour. Oui, en effet, je voulais vous parler au sujet du colis. J'aimerais changer un peu les modalités.
– Ah ! Je vous écoute.
– Eh bien voilà. J'ai décidé de renoncer à la livraison, et je voulais vous en informer. On stoppe tout. Vous pourrez garder l'argent, si vous voulez, ça n'a pas d'importance, mais je veux résilier ce contrat.
– Ce n'est pas une question d'argent. Un contrat est un contrat, M. Zbart. Je le remplirai, désolé.
– Mais puisque je vous dis que j'ai changé d'avis !
– Je me suis engagé ; je mènerai donc l'affaire au bout. Je respecte toujours ma parole. Aucune clause n'avait été prévue pour sa résiliation.
– Disons qu'on passe un nouveau contrat, si vous préférez. Voilà, un nouveau contrat. Je double la somme initiale !
– Je vous ai déjà dit que ce n'est pas une question d'oseille, M. Zbart. J'ai une réputation à tenir, et je perdrais tout crédit si j'annulais tout.
– Il n'y a donc aucun moyen de vous faire changer d'avis ? Il existe toujours un moyen, on peut s'arranger..
– Navré, M. Zbart. Pas avec moi. Je me tiens aux termes du contrat. Adieu, M.Zbart.

L'entretien le laissa désemparé. Que faire ? Fuir ? Où, pour qu'il ne le retrouve pas ? et abandonner Héloïse ?
Engager un second tueur, pour éliminer le premier ? Cette idée l'effleura, lui sembla la meilleure.

Il recontacta donc son copain, et lui exposa son nouveau projet. Il tiqua clairement. Aucun professionnel n'accepterait une telle mission, cela allait à l'encontre de leur éthique. Un non-professionnel alors ? Ces mecs, on ne savait vraiment ni d'où ils sortaient, ni ce qu'ils valaient. Il y avait de fortes chances pour qu'ils se barrent avec le blé, sans rien faire. C'était quasi certain même. À moins que le pro, l'apprenant, ne prenne les devants et l'élimine avant qu'il ait eu le temps de faire ouf.

Il parut donc soucieux lors de son déjeuner avec Héloïse, préoccupé. Il prétexta de petits ennuis de santé, un problème au bureau. Compréhensive, elle se tut. Tenta de relancer timidement sur d'autres sujets, renonça vu son manque d'enthousiasme, ou plutôt son enthousiasme forcé apparent.
Il s'excusa de se montrer aussi désagréable, ce n'était pas dans ses habitudes. Il lui demanda s'il pourrait la recontacter, plus tard. Ils se quittèrent, se firent la bise, sans rien convenir.

Une immense tristesse l'envahit. Il se rendit compte que, par sa faute, elle l'avait pris pour un butor, un de ces blaireaux épais dont il n'avait que trop souvent croisé le chemin. Il appela sa secrétaire, et lui dit qu'il ne viendrait pas l'après-midi au bureau. Dans le bistro d'où il avait téléphoné, il s'assit, commanda une bière
La bière était fraîche, la mousse épaisse et onctueuse, rafraîchissante. Il la but à longues gorgées, vida son verre, en commanda un autre. Il l'observa, dans le verre qui venait de remplacer le sien vidé. En fait, il était un peu comme cette bière : sous une mousse plus ou moins épaisse, plus ou moins ferme, il y avait cette quantité de liquide jaune ambré, pétillant de vie, qui ne demandait qu'à désaltérer et égayer, un peu roboratif aussi. Il en prit encore deux gorgées, paya puis sortit.

Il errait pensif, tête baissée, sans but, dans les rues. Bousculé

parfois, bousculant parfois lui-même par mégarde, lâchant un
« pardon » confus avant de continuer son chemin, absorbé par
des idées complexes. Attiré par des cris d'enfants, des piaille-
ments d'oiseaux fêtant les beaux jours, il entra dans un parc.
Déambulant dans les allées sablées, il sentait malgré lui les parfums floraux chatouiller ses narines, en bouffées portées par le
vent léger. Il baissa son regard vers le sol, vit des motifs dessinés
par les jardiniers municipaux laborieux et inventifs.
Il aperçut un banc libre devant lui, qui semblait l'attendre. Il
s'assit, écartant largement ses bras de part et d'autre le long du
dossier en bois, rejeta la tête en arrière, offrant sa figure et son
cou aux rayons solaires. Il aspira une longue goulée, s'enivrant
de l'air printanier, des senteurs florales, des chants des oiseaux,
des cris même, pleins de vie, des enfants jouant à proximité.
Subitement, il eut envie d'un cigare. Il se leva, sortit du parc et
traversa la chaussée, entrant dans un bureau de tabac dans lequel il trouva son bonheur. Il se prit un long gros cigare, dont il
se promit de tirer des volutes de délice.

Il revint vers son banc, se rassit, chauffa puis alluma son cigare,
le téta avec volupté, en tirant de grosses bouffées odorantes. Il
se rejeta dans la même position où il se trouvait précédemment,
au détail près du cigare au bout de ses doigts. Le temps fila, rapide, imperceptiblement. Il arrivait au bout de son cigare. Au ju-
gé, entre une demie et une heure avait passé, mais c'est bête à
dire, il se sentait bien, rasséréné, dans une étrange communion
avec l'univers. Il était en train de songer à l'ineptie de sa réflexion face à un cartésien matérialiste, quand une petite voix lui
parvint, à côté de lui :
— Je peux m'asseoir ?
— Faisez, je vous en prie, plaisanta-t-il, sans ouvrir les yeux,
sans bouger.

8ème partie

Il sentit une présence. Assise, là, à côté. Immobile. Muette. Peut-être le dévisageait-elle, se prit-il à penser. Cela l'amusa tant qu'il décida de vérifier. Revenant à une position plus classique, il ouvrit les yeux. Pour la découvrir en train de le détailler du regard.
— Bonjour monsieur, avança-t-elle, d'une voix douce, circonspecte, avec juste un léger voile d'ironie.
— Bonjour mademoiselle, lui répondit-il, surpris et égayé.
— Ça a l'air d'aller un peu mieux, on dirait, risqua-t-elle.
— Oui, on dirait. C'est bizarre la vie. À un moment on est triste à fendre des pierres, puis, comme par enchantement, on est prêt à mordre la vie à dents d'ogre, à décrocher les étoiles, quelques instants plus tard. Le soleil, le calme d'une après-midi, la beauté des fleurs, les trilles des oiseaux dans les branches, l'amour enfin... L'univers se ligue contre vous pour faire votre bonheur ou votre malheur, selon les moments.
— Je suis contente de te voir dans de meilleures dispositions. Mais... tu ne travailles pas ? oups ! pardon : vous ne travaillez pas ?
— Ma secrétaire m'a autorisé à prendre mon après-midi. Je préférerais qu'on se tutoie, si tu n'y vois pas d'inconvénients.
— Ça me convient. Et donc, tu as décidé que la vie était devenue belle ?
— C'est idiot, je sais. Mais il n'y a pas que la femme qui varie, contrairement à ce qu'affirmait François 1er. Et toi, tu ne travailles pas ?
— Je n'en ai pas l'air, je sais, mais si. Je récolte du matériel pour mon prochain sujet.
— Sympa ton boulot, en définitive !
— N'est-ce pas ? À propos, j'envisageais d'aller à la piscine, mais je déteste y aller seule. Les mecs pensent que tu es en chasse, et n'arrêtent pas de te draguer. Serais-tu libre, et surtout :vou-

drais-tu m'accompagner ?
— Maintenant, là ?
— Maintenant, là ? l'imita-t-elle. Ben oui, bien sûr. J'ai d'ailleurs mon maillot avec moi, précisa-t-elle, désignant le grand sac à ses pieds.
— Je veux bien, mais je n'avais pas prévu. Il faudra que je m'achète un maillot et une serviette en chemin, si ça ne t'ennuie pas.
— Eh bien, qu'est-ce qu'on attend alors ? en route, mauvaise troupe !

Sortant de l'eau à son tour, il évita une bande de gamins courant pour plonger en faisant la bombe, et vint la rejoindre, s'allongeant sur la serviette jouxtant la sienne. Elle était sur le dos, et le regardait venir, sourire aux lèvres. Elle fit semblant de se scandaliser, lorsqu'il fit tomber sur elle des gouttelettes d'eau en se penchant pour ramasser la serviette qu'il venait d'acheter, et avec laquelle il entreprit de s'éponger. Puis rit. Un petit rire perlé, cristallin, frais qui l'atteignit telle une flèche en plein cœur.
— Tu n'as pas pris de crème de protection solaire, veux-tu que je t'en passe ? fit-elle
— Non merci, ça va. Je bronze naturellement.
— Dans ce cas, ça t'ennuierait de m'en étaler sur le dos ? et elle se retourna, sur le ventre, détachant son soutien-gorge.

Il obtempéra de bonne grâce. Elle était menue, en définitive, avec de longs muscles de sportive, des jambes fuselées et lisses. Il se surprit à éprouver un plaisir sensuel en lui massant le dos, les omoplates, les côtes, puis enfin ses longues jambes, le nez à la verticale de petites fesses pommelées, recouvertes d'un petit triangle bleu nuit à la limite de la décence, mais qui mettait parfaitement ses courbes en valeur. Les seins également d'ailleurs étaient rehaussés, fermes, juvéniles, presque provocants.
Il perçut comme un léger grognement de plaisir, un impercep-

tible tressaillement de la peau à son contact.
Il s'allongea à son tour, s'essuyant les mains sur son propre torse.
Il était parfaitement bien là, comme heureux, serein en tout cas ; attiré irrésistiblement par cette jeune femme.
– Dis donc, on dirait que ça te fait de l'effet, chuchota-t-elle, désignant du regard la protubérance sous son maillot
– J'en suis positivement confus, s'excusa-t-il
– Il ne faut pas, moi aussi, j'étais à deux doigts... souffla-t-elle.
– Serait-on délurée ?
– Ben, je ne suis pas de bois non plus.

En quittant la piscine après la douche et le sèche-cheveu, puis un brossage énergique de sa crinière naissante, elle l'invita à prendre un verre chez elle, pour lui montrer son nouvel appart (dont hélas elle n'a pas trop pu lui parler avant, mais ça, elle ne le dit pas, évitant toute allusion), pas loin d'ici.
Elle louait ainsi un coquet petit deux-pièces, dans une ruelle calme, comme de province, avec des fleurs aux balcons et des chats faisant nonchalamment leur toilette au milieu de l'allée piétonne. L'appartement était petit et clair, meublé de façon spartiate mais avec beaucoup de goût. Une petite bibliothèque complémentait un coin bureau équipé d'un PC portable.

Elle lui tendit un verre de scotch dans lequel tintaient les glaçons qu'il avait demandés. Par maladresse, il lui serra les doigts qui tenaient la boisson. Face à sa réaction gênée, comme soudainement intimidée, elle ne pipa mot, mais vint s'asseoir sur ses genoux, se penchant vers lui et l'embrassant tendrement.
Il déposa avec précaution le verre sur la petite table basse, et s'empara d'elle à pleines mains, la serrant contre lui et l'embrassant à son tour à pleine bouche. Elle passa ses bras autour de son cou, lui caressant tendrement la nuque. Puis les mains redescendirent dans son dos, tandis que lui la pétrissait presque.

Au bout d'un moment, reprenant son souffle, elle se leva et, le prenant par la main, l'entraîna vers le lit.

On a vu souvent / Rejaillir le feu / D'un ancien volcan / Qu'on croyait trop vieux / Il est, paraît-il / Des terres brûlées / Donnant plus de blé / Qu'un meilleur avril, chantait le poète.
Ils dînèrent ce soir-là dans un petit troquet du coin, les yeux dans les yeux, main dans la main, pressés de rentrer au havre de leur amour naissant.

Ils se retrouvèrent, de plus en plus souvent, chez l'un ou chez l'autre. Leur amour croissait à proportion, et s'épanouissait. À l'instar des enfants, ils ouvraient des yeux émerveillés, découvrant toujours de nouveaux aspects chez l'autre, partageant activités et émotions, jamais repus, jamais blasés.
Ils sortaient en ville, se présentant leurs amis respectifs, toujours avec un bonheur ineffable, évitant les excès et les mauvais plans. Ils conservaient leurs appartements respectifs, mais y vivaient toujours ensemble, soit chez l'un, soit chez l'autre, ne se quittant que par obligation sociale.

Des mois passèrent ainsi. Ils étaient heureux.
Jean s'était levé pour prendre une douche après leurs ébats, avant leur sortie avec la bande.
Héloïse, restée langoureusement dans le lit, lui annonça qu'elle était enceinte. Il vint à la porte de la salle de bain, dans son peignoir blanc immaculé, se séchant la tête avec une serviette.
– Tiens, remarqua-t-elle, c'est marrant.
– Quoi donc ?
– Il y a un gamin dans le quartier qui s'amuse avec un stylo laser. Tout-à-l'heure, c'était dans ton dos. Maintenant, regarde, il vise ton cœur ; regarde le point rouge !
Sous la brusque montée d'adrénaline, ses yeux s'écarquillèrent.
– Ce n'est p.... »

Et il s'effondra sur place, comme un sac qui aurait chu d'une étagère.

« Oui, monsieur l'inspecteur, hoqueta-t-elle entre deux irrépressibles sanglots, il était là, à la porte de la salle de bains. Je le revois encore. J'ai tout vu. Je l'ai vu comme je vous vois ».

Postface, ou petit mot de la fin

Ce sujet a constitué pour moi une triple gageure :
1/ c'est le premier texte non autobiographique aussi long que je ponds. Son écriture m'a valu autant d'heures attaché à mon banc de travail que de pages (je ne compte pas celles où, dans un demi-sommeil, j'échafaudais divers scenarios).
Sa genèse en est simple : partant du personnage central, avec un point nodal obligé par le pacte faustien, pour aboutir au fameux point rouge du titre, dont j'avais imaginé la cause, il s'agissait de développer simultanément une histoire passionnelle au fil des pages. En respectant un principe de base, celui de la sérendipidité revendiquée par mon blog.
Car, comme je l'ai exposé, le jeu consiste à partir d'un point quelconque puis de laisser libre cours à la folle du logis. À elle de dérouler l'intrigue, et de me laisser porter par l'histoire, en une sorte d'écriture automatique chère à nos surréalistes du début du siècle dernier. Une allusion est d'ailleurs faite à ceux-ci, par le biais d'un de leurs chantres ; j'ai nommé Guillaume Apollinaire.
Enfin, un dernier impératif s'imposait à moi. Sa lecture devait rester un plaisir, en des temps où tout doit être rapide et appréhendable du premier coup : vite préparé, vite avalé, vite digéré, vite chié. Qui, de nos jours, s'attarde à lire en ligne des textes longs, tels ma 1ère partie ? Pas moi, en tout cas ; je l'avoue bien volontiers. D'où mon choix contraint, emporté par la houle, de saucissonner mon histoire, en plusieurs épisodes.
Je me suis ainsi mis un peu dans la peau des feuilletonistes illustres du passé : Eugène Sue, Dumas, Hugo, Ponson du Terrail. Avec parfois – tout comme mes prédécesseurs – quelques couacs : ainsi, le lecteur attentif aura relevé que quand le héros se réveille pour la 1ère fois, au lendemain de sa cuite, aux côtés de Nicole, il perçoit des bruits propres à la ville. J'avais en effet envisagé de la faire habiter intra-muros. Un remords me l'a fait

par la suite situer en banlieue.
Le lecteur attentif décryptera également les nombreux clins d'œil que je me suis plu à malicieusement glisser parmi ces pages, hors citations explicites comme Wilde ou Platon.

2/ le sujet : ce pacte méphistophélique ne me semble hélas pas sortir tout droit de mon imagination. Il me semble avoir lu ou vu quelque chose dans le genre, dans le passé, mais ma mémoire me fait défaut. Je l'ai en revanche traité à ma manière, avec ma sensibilité propre. Et mes mots.

3/ les personnages sont certainement un peu influencés par ma lecture en ce moment des œuvres de Françoise Sagan, parues dans la collection Bouquins, 1500 pages. Ils auraient pu être traités par elle.
Toutefois, concernant leurs noms et leurs caractères un peu moins frivoles, j'ai tenu à partir d'un hommage personnel à Serge Gainsbourg, né Lucien Ginsburg. Fils d'immigrants russes juifs, il explique la généalogie retracée, que par coquetterie j'ai fait remonter à la révolution russe avortée de 1905, moins connue que celle de 1917.
Il en va ainsi du choix du prénom et du nom francisé de mon héros, que je n'ai pas pu rapprocher plus ; mais je pense que l'allusion en a été parfaitement claire pour certains. Tout comme pour Héloïse, résumant parfaitement mon intention originelle de retracer, à ma manière, l'histoire de son éponyme et de son maître Abélard ; cette passion ayant fait couler beaucoup d'encre au fil des siècles, et rêver bien des midinettes.

Je conclurai en m'excusant pour d'éventuelles fautes d'orthographe ou de grammaire, échappées à la vigilance active de mon logiciel (qui, étant un bête logiciel, m'a parfois suggéré des âneries), puis mes corrections personnelles.

La question elle est vite répondue

Je m'appelle Jean-Marc Truc. J'ai été élevé par ma tante, en fait, dans le Pays de Gex, à Sergy. C'est une commune que quand j'y suis arrivé, vers 1990, il y avait pas mille habitants, en comptant les poules et les cochons comme dit mon oncle. Aujourd'hui ça a plus que doublé. Ça a grandi très vite, parce que c'est proche de Genève, en fait. C'est comme une sorte de banlieue, mais en France quoi.

J'ai atterri là suite à une histoire familiale, en fait. Parce qu'à l'origine, je viens d'un petit bled de l'autre côté des montagnes. Vulvoz, qu'il s'appelle, dans le Jura. Un tout petit patelin, en fait, près de Choux. Il n'y avait pas quinze habitants, une centaine à Choux, quand je suis né (dans les Choux, ha ha ha !) – en comptant les poules et les cochons comme dit mon oncle. Et dans les bleds, tout se sait, et se sait très vite.

Il paraît donc qu'il s'est passé des choses dans ma famille. Des choses avant que je suis né. Et que ma mère, à cette époque-là, elle était pas mariée. Elle aurait pas pu, elle avait pas quinze ans. Et, toute façon, pour trouver un mari dans le bled, fallait se lever de bonne heure, comme dit mon oncle, parce que y a pratiquement plus que des vieux qui y vivent. C'est tellement paumé. En fait, ma mère c'était la plus jeune de la famille, la petite dernière. Elle était restée seule avec ses parents, ses quatre autres sœurs s'étaient toutes barrées, mariées aux quatre coins de l'Hexagone. La plus proche, c'était donc ma tante Mathilde, en fait. La plus proche en distance, mais aussi en âge et en amitié entre sœurs, quoi.

Elles avaient presque dix ans d'écart, ma tante et ma mère et à

ce qu'il parait, elle s'était beaucoup occupée d'elle quand elle était petite, comme une mère quoi. Mais ma tante s'est barrée dès qu'elle a pu, pour rencontrer mon oncle, un gars de la plaine, du côté de Bourg-en-Bresse. Il était venu à Genève pour trouver du travail, et il a trouvé.
Des autres sœurs, il y en a une à Biarritz, la plus vieille. Mariée à un espingouin qu'elle est. Elle a des enfants, et elle va bientôt être grand-mère.
Il y en a une qui est à Lille, mariée, non, pas mariée, en concubinage avec un gars de là-bas, un chti en fait.

Et la quatrième vit à Cannes, où elle bosse dans un hôtel. Elle est femme de ménage et elle nous raconte de ces trucs, des fois, hallucinant ! Le pire, c'est quand il y a des stars qui descendent dans son hôtel. Paraît qu'ils laissent un de ces bordels quand ils partent, elle passe le double ou le triple de temps pour tout nettoyer et tout ranger et tout et tout.

Elle a préféré rester célibataire. Elle veut pas s'emmerder avec un mari dans les pattes, qu'elle dit, ni avec toute une flopée de chiards. Elle a assez de boulot comme ça dans la journée, qu'elle dit, c'est donc pas pour faire des heures sup' à la maison et jouer tout le temps à la bonniche, quoi.
Faut dire aussi que pour qu'elle se trouve un mari, celle-là, elle va avoir du boulot ! Parce que c'est pas un premier prix de beauté, la tantine, quand même. Elle serait même plutôt comme le mec du sketch à Coluche, qui voulait draguer alors qu'ils lui cherchaient des trucs pour pas que les gamins lui jettent des pierres...

Des fois, pour l'emmerder, on lui balance : « Souris jamais à un flic, y a outrage ! ». Et elle sourit, mais je crois que ça lui fait quand même un peu de peine dans le fond.

Donc ma mère, à ce qu'il parait, mon grand-père était tout le temps après elle, à la câliner et à lui faire des bisous, quoi. Et que donc, un jour ça a dérapé. Il l'a câlinée un peu plus que d'habitude, il avait un coup dans le nez, et ça a dérapé. Et alors il s'est raccroché à elle très fort pour pas tomber. Et c'est pas lui qui est tombé, mais ma mère (ha ha ha !). Elle est tombée enceinte, à même pas quinze ans.

À ce qu'il parait, ça n'aurait pas été la première fois, mais y avait jamais eu de problèmes, avant.
Et à ce qu'il parait aussi, elle n'aurait pas été la seule. À part ma tante de Cannes, bien sûr. Il l'avait toujours considérée comme le vilain petit canard.
Enfin, c'est ce que j'ai cru comprendre, parce que c'est pas vraiment le genre d'histoire qu'on crie sur les toits, quoi.

Comme ma mère était mineure et que le pays était pas grand, quand ça a commencé à se voir, mon grand-père a envoyé ma mère chez une cousine à lui, en Auvergne, avec qui il avait toujours été en très bons termes. J'allais dire : thermes, d'ailleurs, ha ha ha !
Elle habitait du côté de la Bourboule. On y est allés d'ailleurs en vacances, une ou deux fois.
Et comme j'étais devenu un petit paquet encombrant, la preuve vivante du dérapage (oui, on avortait pas dans la famille, c'était un très grand péché, et mes grands-parents étaient très croyants), on a pas su quoi faire pour me cacher, en fait. Et c'est là que ma tante Mathilde s'est proposée pour me recueillir.

Faut dire que c'était la meilleure solution. Non seulement elle avait l'âge d'être ma mère, mais en plus elle vivait loin de chez nous, et les gens pourraient pas causer. Et en plus, elle était heureuse d'avoir un petit bout de Choux (ha ha ha !) à s'occuper, ou plutôt de Vulvoz (ha ha !).

Elle avait demandé à son mari, et il était d'accord. Comme il venait lui aussi d'une famille nombreuse et très croyante, ça le gênait pas, bien au contraire.
C'est donc comme ça qu'ils m'ont élevé. Ils ont eu plus tard des enfants à eux, avec qui j'ai grandi, mais ils ont jamais su que j'étais pas leur vrai frère en fait. Que j'étais seulement leur cousin, quoi. Ils en ont eu cinq, avec moi ça faisait six. Et comme la maison était pas si grande que ça, on dormait dans des lits superposés dans les petites chambres. Parce que, oui, en fait, j'oubliais de le dire : il y avait aussi deux filles dans le lot.

Ils bossaient tous les deux, lui à Genève, ma tante à Ferney et dans les environs, le pays de Gex – elle faisait des ménages, s'occupait de petits vieux. Et on roulait pas vraiment sur l'or, mais on était bien, tous ensemble.

Ma mère est partie faire des études à Lyon, quand elle a eu son bac. Là, elle a connu un rastaquouère, un rital ou un Grec de mes deux. Très gentil avec elle, aux petits soins et tout, mais très jaloux. Un peu con aussi, avec des idées du 18° siècle, très strict et assez casse-couilles, en fait.

Elle lui a jamais dit que j'étais son fils. D'ailleurs, il aurait jamais accepté de me prendre.
Un jour, quand j'ai été grand et qu'elle savait que je savais pour son histoire, elle m'a raconté. Elle avait abordé la question avec lui, en faisant comme si que c'était une copine à elle à qui c'était arrivé. Son mecton a levé les bras au ciel et a traité sa copine de pute, de roulure, de sale dévergondée. Bref, il l'a traînée plus bas que terre, en crachant à droite et à gauche, de défi ou de dépit, j'ai pas bien retenu en fait.
Elle était fixée. Elle a compris que c'était mort de ce côté-là, et elle m'a bien recommandé de jamais, jamais en parler.

Quand j'ai eu seize ans, j'ai quitté le Collège Technique où j'étais (oui, j'avais redoublé deux fois). J'ai pas attendu d'avoir un diplôme. Je suis parti faire les saisons : La Bourboule en hiver, la Côte d'Azur en été.

J'ai fait ça plusieurs années de suite. Mais c'était très mal payé, et il fallait pas plaindre ses heures sup' et de nuit, les week-ends avec des clients casse-burnes qui se croyaient au Hilton et tout permis, quoi, qui ne te laissaient même pas de pourboire, ces rats. Les patrons qui te promettaient, qui promettaient tout et n'importe quoi, et qui tenaient pas parole. Les logements riquiquis (si on pouvait appeler des logements ces infâmes cagibis) et la bouffe qui coûtaient la peauduc, et où tu voyais disparaître ta maigre paye. Les patrons qui t'embauchaient au black aussi, au noir, au schwartz, al nero et *tutti frutti*.

Les mecs ou les nanas qui venaient te taper une clope, un coup à boire, ou cent balles, qui te faisaient de grandes déclarations d'amitié, puis que tu revoyais plus en fait. Ou qu'alors ils traversaient la rue pour pas te dire bonjour et faisaient semblant de pas te connaître. Bien sûr, ils oubliaient de te rembourser, ne renvoyaient surtout pas l'ascenseur.

J'ai fait plein de petits boulots. J'ai distribué des flyers dans la rue, sur les pare-brise des bagnoles ; je me suis baladé entre deux pancartes comme homme-sandwich ; j'ai bossé dans un supermarché à tirer à la main à six heures du mat, dans la nuit noire et le froid, des palettes qui faisaient chacune plus d'une tonne, et qui demandaient qu'à se casser la gueule si tu faisais pas attention ; à mettre des boîtes de petits pois dans les rayons pendant que des vieux casse-couilles t'empêchaient de bosser en te racontant leur vie de merde. J'ai vendu des fruits et légumes sur les marchés. J'ai travaillé un temps dans le bâtiment, au black toujours, quoi.

J'ai trouvé un boulot de vigile, mais comme j'avais soi-disant pas de résultats, ils m'ont viré aussi. J'ai travaillé dans des bureaux, à pousser le crayon avec des collègues dépressifs ; j'ai failli me suicider.
J'ai vendu du pinard en porte-à-porte, des encyclopédies, des assurances-vie. La galère, en fait, quoi.

Et puis un jour, je suis tombé sur un truc génial. Je me suis demandé comment j'y avais pas pensé avant, en fait.
Il s'agit d'une entreprise internationale qui investit sur les marchés, et où tu peux très rapidement devenir très-très riche, sans connaissances particulières. Tous ceux que j'y ai rencontrés sont des gagnants, des winners. Des mecs et des nanas qui ont pas eu peur de se lancer au lieu de s'accrocher à un petit job de merde avec un petit chefaillon sur le dos, des objectifs irréalisables, une paye qui suffit juste à pas crever de faim, quoi.

En plus, y a systématiquement des concours qui sont organisés, des challenges, avec plein de gens qui sont devenus millionnaires en moins de temps qu'il faut pour le dire.

Et, pour gagner encore plus, il suffit de recruter de nouveaux membres – on gagne un pourcentage sur leurs gains à eux.
Alors, je mets mon beau costard que j'ai acheté à la Migro à Genève l'année dernière, je loue une bagnole de luxe chez Hertz (pour une demi-journée ça suffit), puis je vais sur la rive nord du lac Léman, du côté Suisse, entre Lausanne et Vevey, et avec mon smartphone, je fais une petite vidéo où je *promouvois* ma boîte. Puis je balance ça sur le net.

Alors, n'oublie pas ! Est-ce que tu veux faire pitié et prendre le bus tous les jours, ou bien faire très rapidement de l'argent avec moi grâce à ton téléphone et pouvoir peut-être un jour acquérir ce véhicule haut de gamme ?

Moi je pense la question elle est vite répondue, quoi[1].

---
1   Voir en Appendice : la réalité rattrape la fiction.

84 - Le Point Rouge

L'araignée

L'araignée avançait rapidement mais sans précipitation, d'un pas sûr et précis, vers le coin de la toile où une mouche s'était engluée.
Cette dernière vibrait, dans une réitérée et ultime tentative de se détacher du fil collant tissé assez serré pour s'y prendre au vol, imprudemment, comme par inadvertance, alors qu'elle fuyait – ou plutôt cherchait à fuir un oiseau surgi d'un coin du ciel et qui fondait sur elle. Suite à une subite saute de vent, sa trajectoire avait été déviée, et elle avait fini dans ces rets qu'elle a découverts au dernier moment, trop tard pour obliger sa course en un évitement désespéré.
L'araignée s'approchait inexorablement, implacable. Posément, elle s'approcha de sa victime, la piqua. Puis, tandis que celle-ci s'immobilisait, elle l'entoura d'un fin cocon de soie que dévidaient au fur et à mesure ses glandes séricigènes. Lui assurant une réserve de festin à venir.

Ce sont les images qui vinrent spontanément à l'esprit de Pierre, tandis qu'il regardait Alexandra. La belle Alexandra, une plante svelte et toute en blondeur, aux traits fins malgré des pommettes hautes, laquelle l'observait de son œil vert au calme olympien. Une cicatrice verticale, légèrement oblique, lui barrait le bout du nez, l'enlaidissant légèrement, ce qui était dommage. Mais ce qu'on retenait surtout d'elle, c'étaient ses longues jambes qu'elle abandonnait généreusement aux hommages des regards masculins.

– Pierre Roule, se présenta-t-il. Je suis le nouveau commercial dans l'équipe. Il parait que vous en assurez le secrétariat.

– Tu peux me tutoyer, beau brun, riposta-t-elle, goguenarde. Oui, je suis la secrétaire du « pool », et moi je m'appelle Alexandra Duvaut. Mais... Roule comme « Pierre qui Roule » ? ajouta-t-elle, un petit sourire malicieux faisant valoir le gloss dont elle venait d'orner ses lèvres.
– C'est cela même. Pierre qui Roule n'amasse pas mousse. Bien que, à la réflexion, j'en boirais bien une, de mousse. T'as pas soif avec cette chaleur ?
– Je prendrais bien un petit panaché, parce qu'il n'y a pas de bière au distributeur. Ou un autre soda bien frais.
– Les ordres de mademoiselle sont un désir irréfragable pour moi, élégammenta-t-il. Un panaché, ça marche !
– Irré.. quoi ça ?
– Irréfragable : incontestable, indiscutable, précisa-t-il
– Ah ! OK

Douée pour le rentre-dedans la mâtine, suborneuse en diable, se pensa-t-il au-dedans de lui-même, tandis qu'il s'éloignait en direction du distributeur de boissons fraîches ; mais bon, un niveau intellectuel de petite secrétaire de province. Des jambes à se damner, et ce petit cul !
Hum, restons sérieux, se morigéna-t-il aussitôt, tâchant de réprimer la bouffée de chaleur qui montait en lui en même temps que la plus tendre partie de lui-même entamait une tuméfaction inopportune. Nous verrons bien plus tard.

Plus tard, en effet, elle ne refusa pas de prendre un verre avec lui. Histoire de faire connaissance en tout bien tout honneur, évidemment, convinrent-ils. Comme il ne connaissait pas les environs, il se fiait à elle pour choisir un endroit sympa.
Ils s'installèrent sur les bords de Marne, dans un petit troquet sympa, à l'ombre d'une tonnelle et sous une brise montant de la rivière, bienvenue après une chaude journée dans les bureaux confinés. Comme il n'y avait pas trop de monde, ni de bruit au-

tour d'eux, ils concentrèrent leurs regards vers les péniches qui passaient, en un ballet irrégulier, survolées par des mouettes majestueuses et parfois criailleuses. Ils papotèrent ainsi pendant un très long moment, tout au plaisir des sens en toute décence, jusqu'à ce qu'elle regarde sa montre et s'exclame. Ce n'est pas qu'elle s'ennuyât, mais elle avait un rendez-vous avec sa belle-fille le soir même, et il faudrait, s'il le voulait bien, qu'il la ramenât chez elle. Sans doute une manière de lui indiquer son adresse sans qu'il la demande ?

Il rentra donc à son hôtel, où il prit un repas léger avant de prendre une douche fraîche puis de se mettre au lit. Comme il n'avait pas emporté de roman avec lui, il regarda la télé depuis sa chambre, surfant sur les chaînes internationales, qui déversaient leur lot ininterrompu de nouvelles catastrophiques provenant des quatre coins du monde.
Demain, il faudrait impérativement qu'il se dégotte une librairie pour se choisir un peu de lecture, sinon il risquerait fort de s'ennuyer pendant sa semaine de stage et ses ennuyeuses soirées à l'hôtel. Ou alors, trouver un autre passe-temps, pensa-t-il, lubrique.

Le lendemain, il retrouva la belle Alexandra, à son poste, un sourire radieux illuminant son visage à sa vue. Bien dormi ? Oui, non ? Pas dérangé par l'orage, en plein milieu de la nuit ? Quel orage ? Ah bon ! tu dors comme une souche, toi alors ! Eh oui, le sommeil du bienheureux qui n'a rien à se reprocher.
Après lui avoir demandé si elle avait des obligations dans la soirée, il l'invita à dîner, sur Paris. On lui avait parlé d'un petit resto russe, et ça faisait un moment qu'il se promettait de déguster leur fameux caviar Petrossian. Elle accepta avec joie, mais il viendrait la récupérer chez elle vers les 20 heures, si ça ne le dérangeait pas trop.

À 19 h 45, il était en bas de chez elle, l'attendant dans la voiture, puis se réfugiant à l'ombre en face, histoire de se dégourdir un peu les jambes. À 19 h 59, il sonna. Elle ne lui proposa pas de monter, mais lui demanda de patienter, elle descendait illico presto.
À 20 h 10, elle apparut enfin, dans un ensemble très court, très ajusté, mettant en valeur ses longues jambes – presque des échasses – ainsi que le moulé parfait de son buste et son ventre plat.
En route, l'orage éclata. Zut ! elle n'avait rien prévu contre la pluie.... Pas grave, la rassura-t-il, il avait toujours un parapluie dans la voiture, au cas où.

Il conduisait ainsi, se frayant un chemin parmi les autos, la presse traversant les avenues inondées, la pluie qui formait de grosses gouttes sur le pare-brise. Elle lui demanda si ça ne le gênerait pas si elle fumait. Non, il entrouvrirait juste un peu la fenêtre, car entre la fumée et la buée qui commençait à se former à l'intérieur des vitres, il avait l'impression de voyager dans un œuf.
Elle alluma sa clope, qui présentait une drôle de forme ; en fait, un joint. Elle tira deux ou trois bouffées, puis lui en proposa. Il refusa. Se ravisant, il affirma vouloir bien essayer. Mais, comme il n'avalait pas la fumée, en bon fumeur de cigares qu'il était, elle lui fit comprendre que ça ne servait à rien.
Elle riait avec les pigeons maintenant. Comme ceux de l'extérieur avaient disparu, il faut croire qu'ils étaient nombreux dans sa tête, tandis qu'elle suivait du doigt le cheminement d'une goutte le long de la vitre.
Elle délirait carrément à présent. Il ne savait pas ce qu'elle avait fumé précisément, mais ça devait lui titiller la mite à neurone, là-haut, tout contre le plafond.

Ils parvinrent enfin aux environs du resto. Il se gara, sortit et déploya son parapluie, fit le tour de la voiture et lui ouvrit obligeamment la portière, afin qu'elle descendît. Dans le mouvement de giration qu'elle opéra, elle lui fit entrapercevoir, involontairement sans doute, le haut de ses cuisses où il distingua un petit buisson sombre, avant de détourner pudiquement les yeux. Plus tard, quand il reverrait Sharon Stone dans la scène légendaire du film Basic Instinct, il ne pourrait s'empêcher de se remémorer ce fugace épisode.

Ils se dirigèrent vers l'entrée du restaurant, où un colosse dans un costume folklorique les accueillit, pour s'effacer et leur livrer passage par une porte qu'il tint grande ouverte, tandis qu'ils écartèrent des tentures pour se trouver happés par un univers inconnu. Les violons tziganes se précipitèrent vers eux, pour virevolter tels des papillons attirés par la lumière, autour de la jeune femme. Puis un serveur costumé les invita à prendre place à une table qu'il leur désigna, interrogeant Pierre du regard, et après qu'il eut hoché affirmativement la tête.

Le repas fut bien coloré : zakouskis, blinis, crème fraîche et un petit pot de caviar, vodka glacée... tandis que le crincrin continuait ses gémissements. Une petite marchande de fleurs accourut, auquel Pierre acheta une rose pour l'offrir à Alexandra. La soirée passa dans une bonne humeur, le temps filait comme une fusée, ils ne s'aperçurent pas qu'ils avaient déjà fini leur repas. La demoiselle avait l'air transportée.

Vint le moment du départ. Pierre se dirigea vers la caisse afin de régler discrètement une note qui s'annonçait salée, sinon astronomique. Avant de revenir vers la table et tendre une main secourable pour aider sa convive à se lever.

Le retour en voiture fut étonnamment plus rapide que l'aller, une moindre circulation sans doute, vue l'heure tardive un jour de semaine. Elle se déclara enchantée de sa soirée.

Arrivés au pied de l'immeuble, avant de sortir de voiture, elle l'invita à prendre un dernier verre. Il accepta, et l'accompagna vers l'ascenseur qu'elle appela. En grimpant dedans, il s'aperçut que celui-ci était d'une exiguïté sujette à quiproquos. Il tenta de se tenir coi, alors qu'elle, en verve, entama les agaceries.

Bien échauffée, elle eut du mal à mettre la clé dans la serrure. Avant même que la porte se fût refermée, elle se pendit à son cou et commença à l'entreprendre. En moins de temps qu'il ne faut pour le dire, ils se retrouvèrent nus dans son lit, les membres entremêlés, les bouches, les mains s'activant fiévreusement.

Au moment crucial, et alors qu'il était excité comme un jeune taureau, elle sembla se rappeler soudain, comme en un brusque réveil : « tu as une capote ?
– Non, répondit-il penaud. Je n'avais pas prévu.
– Moi non plus. Donc tu n'entres pas ».

Le jour où le soleil ne se leva pas

Il était allé se coucher, comme d'habitude, à une heure (très) tardive. Le lendemain, au réveil, il vit la chambre encore plongée dans la pénombre. Il se tourna vers le radio-réveil et regarda l'heure : 11h. Pas 23, 11h.

Il se leva, bailla, se dirigea tout en se grattant vers la salle de bains pour le pissou du matin. En levant les yeux, alors qu'il se brossait les dents, il vit par le fenestron en hauteur que la nuit était encore noire.

Il descendit dans la cuisine. Prit un verre d'eau qu'il but lentement, pensif. Il ouvrit la fenêtre et ausculta la nuit : pas un bruit, pas un pépiement d'oiseau, aucun son d'activité humaine. Il retourna se coucher et se rendormit.

Le lendemain, à 8h, il faisait déjà grand jour.
En se regardant dans la glace de l'armoire à pharmacie, il vit le reflet d'un homme hâve, au menton piqué de barbe drue. Et, dans la poche de poitrine de son pyjama, la brosse à dents qu'il y avait fourrée machinalement la veille.

Nocturne

Dans un costume suranné à la coupe improbable, lustré de patine aux coudes, sur une chemise à jabot qui avait sans doute dû être blanche jadis, un pantalon à pattes d'eph, des souliers vernis craquelés, un pingouin endimanché s'égosillait dans le micro qui craquait et déformait la voix, grâce à des enceintes de médiocre qualité : « ... et maintenant, cher ami Professeur Duschmoll, vous voudrez bien nous livrer le secret de ... ».

La jeune femme s'était encore rapprochée de lui, si cela était possible, quelques cheveux échappés de sa blondeur chatouillant ses narines. La frimousse levée vers lui, cherchant son regard : « ça me soûle, pas vous ? puis cette chaleur ! je n'en puis plus ; je sors prendre l'air. Voudriez-vous m'accompagner ? ».

Il ne cherchait qu'une bonne occasion pour échapper à cette foule, son brouhaha de chuchotis indiscrets, ces flots de lumière aveuglante, cette touffeur qui lui portait le cœur au bord des lèvres. Toutes ces mondanités, ce concours de sourires de faux-derches carnassiers, ces crétins grégaires s'agglutinant les uns aux autres et se congratulant à qui mieux mieux, faute de pouvoir s'entre-déchirer ouvertement dans une société prétendument policée. Ces regards inquisiteurs, féroces, ou dédaigneux, brillants de malice et de stupre, ou encore révélant un vide abyssal de la pensée. Ces mains tendues vers le buffet, se crispant autour d'une coupe de mauvais champagne tiède, happant des canapés tiédasses ou des petits fours desséchés. Ces bribes de conversations décousues, où les gens feignaient de s'intéresser à autre chose qu'eux-mêmes et leur nombril, souvent sur le dos d'une victime expiatoire toute désignée. Ces yeux rivés sur des courbes féminines, fesses ou seins avantageux, dont les heureuses propriétaires, toutes roses de plaisir, sentaient la discrète morsure, se pavanant, pérorant dans des poses avantageuses, fières de leurs atouts et dans l'expectative d'une fin de soirée un peu moins monotone et plus animée dans l'intimité d'une chambre inconnue.

C'est donc avec un grand soulagement qu'il la suivit. Sorti du cercle de lumière, il la chercha du regard. Pour l'apercevoir, seule au bout de la terrasse, dans la nuit et le silence. Il s'approcha, à pas égaux, cherchant à masquer l'impatience du désir.
Ça faisait un moment déjà qu'il l'avait repérée au cours de la soirée. Et il semblait qu'elle lui avait marqué un intérêt certain, elle aussi, se rapprochant discrètement pour venir s'installer jusque sous son nez.

Il la rejoignit. Elle avait tourné la tête un bref instant en direction de cette ombre qui venait vers elle ; le reconnaissant, apparemment rassurée, elle orienta à nouveau son regard vers un point indistinct dans la nuit.

Tout autour d'eux, un noir profond mais clair à la fois, translucide, un peu à la manière d'une glace sombre. On distinguait, l'œil s'étant accommodé au manque de lumière, les troncs des arbres, pins parasols, rouvres, buissons. La lune, grand disque pâle trônant dans un coin du ciel sombre, y était pour beaucoup. La lune, toute proche, dont on percevait nettement les cratères et autres reliefs à l'œil nu. La chaleur ici était bien moindre, la température plus clémente, une fraîcheur bienvenue, mais pas au point de frissonner.

Au loin, un jappement. Un chien ou peut-être un loup, s'adressant à l'astre nocturne. Puis le crissement de ces insectes, grillons et cigales, qui se répondaient et s'émulaient mutuellement. Des bruits discrets de branches agitées au passage d'un petit animal sauvage, un murmure de feuilles. Des senteurs chatouillaient délicieusement les narines, mélange de résine, de lentisque, d'odeurs de thym et de romarin s'élevant depuis la garrigue. Une petite brise marine apporta une note salée, iodée.

Tout autour, le désert. Pas de lumière d'habitation, pas de route, pas de phares de voiture ; pas de panneau publicitaire disgracieux salissant la nuit, ni de déchirure de laser. En dressant l'oreille, on percevait dans le lointain le ressac toujours renouvelé.

Il parvint à sa hauteur, silencieux, les sens ouverts à ces perceptions nocturnes. Il huma un parfum léger, aux notes fleuries. Dans la pénombre, son visage était dirigé vers lui, ses yeux cherchant les siens. Il s'approcha, à la toucher. Et alors qu'il ouvrait la bouche, elle scella ses lèvres, en une promesse nocturne muette.

Été

À Makhi, où que tu sois.

Sous les pins. Le soleil est à l'aplomb. Dans l'immensité azurée, pas un seul nuage. À peine un mouton, de temps à autre, qui traverse paresseusement, avant de s'enfuir par-delà la colline, vers l'intérieur des terres. La chaleur coule à flots, les rayons cuisent et dorent. Il doit faire entre quarante et quarante-cinq degrés à l'ombre.

Et à l'ombre, il y est justement. Allongé confortablement dans un lit pliant de camping, buste et pieds relevés, bras en auréole autour de la tête, torse nu, jambes nues, un petit short – ou un maillot de bain en tricot ? – en tout et pour tout. Livré à la brise marine qui monte de la plage, saute par-dessus les oliviers, puis agite les aiguilles du pin parasol sous lequel il effectue sa sieste.

Autour de lui, tout près, les cigales cymbalisent à qui mieux mieux dans la torpeur générale. Malgré le niveau sonore, on perçoit le froissement des aiguilles qui frottent les unes contre les autres, les branches qui remuent. De temps en temps, une pétarade : ce sont les pignes qui éclatent et s'ouvrent au-dessus de sa tête. Une saute de vent tourne à demi une page de son livre, qu'il tient d'une main molle, les yeux ensommeillés. Dans le quartier a cessé toute activité ; c'est l'heure sacrée. Parfois, un braiment lointain, probablement suite à une piqûre de taon.

La brise caresse ce corps mordoré, chatouille sa peau, joue avec les poils blondis par tout cet excès de soleil. Çà et là, quelques traces de sel du bain pris tardivement dans la matinée, presque à midi au soleil, sur la plage de galets ronds où les vagues viennent s'écraser et mourir, avant de se retirer avec un chuintement effervescent, entraînant les petits cailloux polis, presque un sable grossier, laissant derrière elles une dentelle pétillante. Les souvenirs des jeux dans l'eau fraîche et mouvante affluent.

Comme tous les matins, avec ses camarades du quartier, ils s'appellent d'une maison à l'autre, bruyamment, avec cette bonne humeur – cette gaieté – propre à la jeunesse et aux périodes des vacances. Puis ils se dirigent d'un pas lent mais léger, sur les chemins de terre poudreuse jusqu'au bord de la mer, à un bon kilomètre de là. Ils devisent, se racontent les nouvelles, plaisantent, une exclamation fuse. L'ombre des oliviers et des figuiers dessine des taches sombres sur la poussière du chemin. Les senteurs montent des champs et des jardins : fleurs, thym, un plan de câprier sauvage où des abeilles butinent mollement. Une mouette fuit en criaillant.

Puis, à destination, ils jettent ou étalent leur serviette, c'est selon, pour se précipiter vers l'étendue salée, en perpétuel mouvement. La brise qui commence à se lever et la marée rident la surface, projettent des éclaboussures d'écume. Les filles se figent, se mouillent précautionneusement poignets et nuque, tandis que les garçons, fiers de leur virilité naissante et se prenant d'ores et déjà pour de vrais baroudeurs, après un bref élan, plongent depuis la jetée comme des bombes humaines. Les concours de nage, les jets envoyés, échangés, une tête qu'on enfonce sous l'eau en riant...

Puis on sort, un par un, s'allonge sur sa serviette sans s'essuyer, confiant au soleil le soin de les sécher. Là, les confidences battent leur plein, les anecdotes, les plans pour la soirée. Enfin, bien cuits des deux côtés, affamés, la petite troupe remonte d'un pas las vers les habitations, avant de se séparer pour quelques heures de sieste.

Petit Paul

À feu Paul Collaros.

Paul était a priori un garçon sage comme les autres. Il se sentait normal : deux bras, deux jambes, deux yeux, deux oreilles, etc. Il parlait normalement, il marchait normalement, il jouait avec les autres enfants. Certains jeux lui plaisaient, d'autres non. De même, certains petits camarades étaient agréables avec lui et lui plaisaient, il se sentait à peu près bien avec eux, ils sympathisaient, tandis qu'avec d'autres il y avait toujours motif à dissension, allant de la simple bouderie à la querelle, en passant par des réflexions désagréables, des quolibets, voire des insultes, celles qu'on emploie à cet âge-là.

Bon d'accord, il avait passé l'âge des « et mon frère il est plus grand que le tien et il va venir pour vous casser la gueule à toi et à ton frère ». C'était quelque chose de plus diffus, de plus sourd, de plus profond. Un malaise qui s'emparait de lui sans qu'il sache bien pourquoi au juste, qui le poussait hors du cercle, qui le rejetait lui-même avant que ses petits camarades ne le fassent.

À neuf ans, il n'avait connaissance ni des mots ni des mécanismes psychologiques qui animent une personne et régissent ses interactions avec les autres comme avec le monde, les choses qui l'entouraient. C'était un peu binaire, sur le mode j'aime/je n'aime pas. Les nuances lui manquaient autant que les subtilités qui auraient pu définir ce sentiment sournois qui s'emparait de lui pour le précipiter dans la mélancolie très souvent, et dans la rêverie dans les meilleurs des cas.

Il rêvait qu'il était autre, ailleurs, dans un autre univers, à un âge et une époque différents. Et il tissait l'arc-en-ciel du bonheur, en une sorte de cocon qui l'envelopperait dans la chaleur et la béatitude pour ne plus sentir les morsures du temps, une éternité bienheureuse. Ces rêves d'évasion le prenaient de plus en plus souvent, et les retours sur terre s'avéraient parfois abrupts, dans les moqueries des autres, ou les punitions de l'institutrice : « Paul, tu étais encore en train de rêver, reste un peu avec nous, veux-tu ? ».

Alors il déployait des efforts. Il faisait le dos rond, pour mieux se replier sur lui-même et sa douleur, pour arrêter d'entendre les taquineries des autres enfants, les regards railleurs, les boulettes de papier qu'on lui soufflait dessus en utilisant le corps d'un bic en guise de sarbacane.

Un jour, le voyant particulièrement en souffrance, sa maîtresse le prit à part à la récréation. Elle avait déjà décelé certains signes et se doutait de quelque chose, mais elle voulait en avoir le cœur net :
– Dis-moi, mon petit Paul, que t'arrive-t-il ? Je te sens par moments complètement absent. Y a-t-il quelque chose qui ne va pas ? As-tu des problèmes ?
– Non madame, ça va, merci.
Paul baissait la tête, fixant ses souliers.

– Serais-tu malade, alors ?
– Non madame, je vous assure.
– Un de tes camarades t'a frappé peut-être, ou dit des choses désagréables ? et tu n'oses pas le dénoncer ?
Il s'essaya à rire, mais ça sonnait faux, et il s'arrêta rapidement ; le cœur n'y était pas :
– Non madame. Enfin, pas plus que d'habitude.
– Des problèmes à la maison, alors ?
– Non-non madame, ça va. Promis.

– Écoute, je suis désolée pour toi, mais franchement, ça ne m'a pas l'air d'aller. Tes résultats sont catastrophiques, pourtant je sais que tu es capable de faire mieux. Je vais demander à tes parents de venir. Je vais le marquer dans ton cahier, tu leur montreras, et tu me le ramèneras signé, d'accord ?
– Si vous voulez, madame.
– À moins que tu n'y mettes de la mauvaise volonté ?
– Oh ! non madame.

En fait, maintenant que la maîtresse en parlait, Paul se rendit compte que le problème commençait à la maison. Le père était toujours au travail, sauf le week-end. Il ne le voyait pas le matin au lever, déjà parti ; et le soir, il devait filer au lit alors qu'il n'était pas encore rentré. Quant à la mère, elle était accaparée par son petit frère. Elle s'en occupait quasiment tout le temps, le rabrouant lorsqu'il demandait quoi que ce soit, un peu d'attention, un mot gentil, un câlin.

Sa mère s'était quasiment consacrée exclusivement à son petit frère, s'occupant préférentiellement de lui, lui accordant la majeure partie de son temps, sous prétexte qu'il était petit, faible, sans défense. Elle se détournait de Paul, le laissait se débrouiller seul plus souvent qu'à son tour ; il était grand lui, il savait faire, il n'avait qu'à s'occuper seul, se débrouiller. Quand elle ne pouvait faire autrement que de venir à sa rescousse, elle montrait toujours sa mauvaise humeur, maugréait ; sa mauvaise volonté devenait aveuglante tant elle crevait les yeux.

Et le grand frère, lui, le snobait. Il s'entendait copain comme cochon avec le petit frère. Mais ils le tenaient toujours en dehors de leur cercle. Ils ne partageaient avec lui que des activités imposées, ou il devenait inévitable de frayer avec lui. Et souvent l'animosité régnait.

En fait, Petit Paul se rendait compte, lorsqu'il y songeait, qu'il se sentait exclu, comme rejeté dans cette famille. Étranger alors qu'il n'avait rien fait de particulier pour ça.

Bien sûr, il lui arrivait parfois de tarder à exécuter un ordre de sa mère, parce qu'il rêvassait, ou qu'il s'était arrêté en chemin pour regarder un spectacle insolite, un oiseau chantant sur une branche, un nuage dans le ciel, une affiche bigarrée, une personne grimée ou au comportement bizarre. Il lui arrivait aussi de faire des bêtises, jouer avec ses copains de rue et oublier de rentrer à l'heure pour le repas – mais avait-il une montre ? et comme si, à son âge, le temps comptait !... Ou de revenir sale d'avoir joué dans les terrains vagues, un vêtement parfois éraflé ou déchiré, un bouton manquant.
Bref, il n'était pas un mauvais garçon. Pas plus en tout cas que tout autre garçon de son âge.

Il ne comprenait pas ce qu'il avait fait, ce qu'il faisait de mal. Il essayait de se corriger, de garder son sérieux. De se tenir droit, de ne pas se salir, d'arriver à l'heure. Mais, quoi qu'il fasse, il y avait toujours quelque chose qui clochait, on trouvait toujours un reproche à lui formuler, à le houspiller.

Alors Paul se réfugiait dans la rêverie. Il profitait de ces moments de grâce pour se consoler, son imagination lui bâtissant un monde meilleur, où il arrivait à réaliser tout ce qu'il voulait sans retombées désagréables, sans récriminations, sans punitions par la suite. Il arrivait à se créer un rôle à sa mesure, où il était un héros intrépide, envié, admiré, encouragé chaleureusement. Il connaissait ainsi des moments enchanteurs, qu'il ne quittait qu'à regret.

Avec ses copains de rue, il s'était taillé un franc succès ; son imagination fertile et intarissable produisait des émules, inventant à chaque fois des jeux, des détails nouveaux. Deux bouts de bois, un morceau de carton, et il chevauchait le dragon, chef incontesté de la bande. Ses copains l'invitaient parfois à venir jouer chez eux, et leurs mères l'accueillaient toujours avec une immense gentillesse, lui prodiguaient des soins qu'il n'avait jamais connus à la maison – et qu'il ne connaîtrait sans doute jamais.

Il présenta donc son cahier à ses parents, après avoir attendu un moment favorable où son père serait enfin là, qui contrebalancerait la mauvaise humeur dont fatalement ferait preuve sa mère. S'ensuivit un débat entre les parents, où le ton montait parfois dans les aigus, jusqu'à ce que son père tape du poing sur la table et mette fin à la discussion.

Quand, le lundi matin, Paul présenta son cahier signé à l'institutrice, un mot de la mère précisait qu'elle ne pouvait pas se déplacer en raison de la maison et des soins au petit dernier, et que le père avait bien trop de travail pour pouvoir se permettre de le quitter (pour si peu, s'était-elle retenue de rajouter). La maîtresse comprit. Elle n'insista pas. Elle répéta simplement à Paul que s'il avait le moindre problème ou des difficultés à suivre, qu'il le lui fasse savoir.
En attendant, elle relâcha la pression, tout en conservant un œil attentif sur lui.

Rassuré, Paul reprit sa place dans la classe, près de la fenêtre – comme s'il avait besoin de ça pour s'évader ! Dans la cour de récréation, la maîtresse avait noté qu'il s'isolait souvent pour manger son goûter, composé souvent de tartines beurrées et saupoudrées de cacao, tandis que ses petits camarades se précipitaient vers l'étal du marchand de gaufres et achetaient confiseries et autres sucreries.

Mais il revenait par la suite se mêler aux autres, souvent timidement, un peu en retrait ; mais quelquefois elle le surprenait dans le feu de l'action, les joues rouges gonflées sur des cris à s'époumoner. Il n'était en rien inadapté ou asocial, juste un peu de peine à s'intégrer dans un milieu qui ne semblait pas le sien.

Et puis, un jour, une petite blonde aux cheveux longs bien lisses tombant jusqu'aux épaules, aux yeux marron, un petit nez retroussé sur une frimousse parsemée de taches de rousseur, une taille fine sur de longues jambes, se distingua, ou plutôt fut distinguée par le petit Paul. Il l'observait à la dérobée, longuement, semblait la couver des yeux.

La petite Nicky lui prêta sans malice son cahier qu'il lui avait demandé sous un quelconque prétexte. La maîtresse constata simplement que l'écriture du petit Paul s'était arrondie, pour se féminiser, avec des gros ronds en guise de points sur les « i », par un étrange – mais pas inexplicable – mimétisme.

Pendant ce temps, la petite Nicky peuplait les songes, inconscients ou éveillés, du jeune Paul. Il rêvait parfois que les parents de Nicky avaient eu un accident, de voiture de préférence, oui, c'est bien, ça, de voiture. Et par conséquent qu'elle se retrouvait seulette dans la vie, ne sachant que faire, où aller, comment vivre.
Et là, tadam ! surgissait Paul en héros, qui l'invitait à venir vivre dans sa famille, ses parents lui ayant donné leur accord volontiers. Et ils vivraient heureux, en une sorte de petit couple chaste, comme frère et sœur, l'un près de l'autre, l'un pour l'autre, l'un peut-être plus que l'autre.

Je ne saurais dire, au vrai, si dans ces rêves naïfs il lui faisait des bisous ou pas. Je crois que de la tenir par la main, la sentir auprès de lui le contentait largement. Il atteignait la félicité suprême. Enfin quelqu'un qui serait là pour lui, tout comme il serait là pour elle.

Plus tard, le petit Paul se souviendrait souvent, une pointe de nostalgie lui enserrant le cœur et accélérant son débit sanguin, de cette petite fille blonde, et des fantasmes d'infirmier qu'elle avait suscités en lui, de ces élans ; mais la vie d'adulte reprenait hélas vite le dessus, avec ses impératifs ineptes et stériles, tuant lentement le rêve pour le ramener, le réduire en finale, au triste rôle de producteur et consommateur qui était désormais le sien.

106   - Le Point Rouge

L'affront – ou la chatte rasée

Après une soirée habituelle, c'est-à-dire empreinte de la plus parfaite indifférence, les gamins mis au lit, la télé et les lumières éteintes, le lave-vaisselle empli et mis en route, puis une longue séance de démaquillage dans sa salle de bains, elle entra dans la chambre à coucher. Il était allongé sur le lit, à lire un roman récemment paru, dans le cône de lumière projeté par une applique au-dessus de sa tête.

La nuit était tiède et quiète. On distinguait les stridulations des insectes estivaux filtrer à travers les volets métalliques à claire-voie tirés. Alors qu'elle avait entrepris de se déshabiller, en quittant sa légère robe de cotonnade écrue à petites fleurettes rose et bleu pâles, elle rompit le silence :
– Tiens, fit-elle, j'ai une surprise pour toi...
– Ah ? lui répondit-il, abaissant son livre, et tournant des yeux intrigués vers elle
– Oui, regarde !
Elle défit rapidement son soutien-gorge qu'elle laissa tomber sur le fauteuil où traînait déjà sa robe, puis quitta son slip blanc, un tanga délicatement ouvragé et voluptueux. Révélant un mont de Vénus glabre.
– Tadam ! fit-elle, en se tournant face à lui, bassin en avant, provocant.

Il se retint de s'esclaffer ouvertement. Elle, qui portait des maillots de bain sombres une-pièce sur les plages, cachant soigneusement la moindre parcelle tendre de son corps, quasiment nostalgique de ces maillots à la mode du début du XX° siècle, dotés de bras et de jambes et boutonnés jusqu'au cou, avait résolu de se livrer dans une nudité absolue, impudique. Et totalement insolite après quinze ans de coexistence. Incongru même.

Bon d'accord, elle savait qu'il ne dédaignait pas de regarder un porno, où toutes les actrices désormais présentaient des chattes rasées, pour exacerber la lubricité avec encore plus de nudité (une nudité plus nue, quoi). Elle en avait même regardé quelques passages avec lui, se déclarant rapidement lassée par des scénarios ineptes, elle qui préférait commettre l'acte plutôt que de le regarder pratiquer par d'autres. Et elle s'était même parfois révélée d'une lubricité et d'une rouerie insoupçonnée.

Seulement l'inventivité n'était pas son fort. Non qu'elle y fût opposée, mais c'était l'imagination qui lui faisait défaut. Un bon petit missionnaire à la papa lui suffisait amplement ; sa sensualité se bornait à ce va-et-vient de piston bourgeoisement codifié comme étant de bon aloi, et cela calmait rapidement ses sens. Sa seule initiative en quinze ans avait consisté à se précipiter parfois avec des petits cris de gourmandise vers sa braguette et le débarrasser d'une main fébrile autant que malhabile de son pantalon pour un « petit coup » vite fait.
Curieusement également, alors qu'enceinte jusqu'aux yeux elle réclamait encore sa part de plaisir, jamais en trois lustres elle n'avait ainsi envisagé de se raser ni s'épiler intégralement.

Le message, d'une clarté aveuglante, sauta aux yeux de l'homme allongé. Que ce soit une lecture de magazine féminin ou les conseils d'une copine avisée ou encore complaisante, on avait suggéré à madame de recourir à cet artifice afin d'exciter ou réanimer une flamme en sommeil, un désir défaillant.
Ressusciter une passion physique dans ce couple éprouvé récemment par une aventure de monsieur, très rapidement éventée par une maîtresse aussi imbécile qu'indélicate, en mal de sensations fortes dans sa petite vie étriquée de concierge de quartier populaire.

Madame entendait ainsi reconquérir le cœur de son homme car, c'est bien connu, tous les hommes sont des cochons. Et que l'amour passe par le ventre – le bas-ventre plus précisément.

Ainsi, il suffisait de lever la queue, de mettre le truc dans le machin, et au bout de quelques secousses pousse-mousse, de cracher cet élixir de vie, condensé d'étoiles qui ferait briller les yeux de madame. L'infini à la portée des caniches décrit par l'écrivain Céline.

L'équation apparaissait d'une simplicité déconcertante. Un peu d'émois (et moi, et moi), quelques secousses, deux ou trois gestes précis aux bons endroits, une petite mort, et ça repartait comme en 40 ! L'amour résumé à un vulgaire apaisement des sens, un coït furtif entre deux portes, une bête à deux dos temporaire – et pourquoi pas aléatoire ?
Ni plus ni moins qu'une masturbation à deux, sans aucun sentiment de réciprocité.

C'était faire preuve d'une grande méconnaissance de son partenaire ; une marque de mépris en définitive, un déni des mécanismes de l'amour. L'assimiler à une bête en éternel rut, une machine à baiser.

La frêle plante qui surgit du sol, croît, affronte vaillamment les éléments pour finir par laisser éclore une fleur, laquelle va s'ouvrir, chauffer ses pétales au soleil, caressée par le doux zéphyr, pour livrer son petit trésor intime à une abeille ou un jeune papillon qui délicatement la butinera, portant son pollen à une autre fleur qui secrétera une graine qui perpétuera l'espèce.
L'alchimie des atomes, de ces particules élémentaires, la musique des sphères, la poésie cosmique, l'attente, les affinités, les sentiments, foin de tout cela ! Foulés au pied, chaussé d'un petit trente-huit.

Le message se révélait d'une vulgarité ultime, se résumant à : tais-toi, baisse ton froc, sors ton engin et prends-moi comme une chienne.
Une absence de psychologie éclatante, aveuglante, tonitruante.
Mais il est vrai que les hommes viennent de Mars, tandis que les femmes viennent de Vénus, parait-il. Elles sont plus fines et racées, et ce n'est qu'avec de la vulgarité qu'elles peuvent communiquer avec ses rustres ayant le cerveau dans les burnes... Niquer, baiser, défoncer, quoi encore ? Rien que des poncifs de mauvaise littérature mal assimilée et régurgitée par un être à la fantaisie débilitée.

Ce n'était pas la vue d'une chatte rasée, l'injonction impérative d'une femme en chaleur ou tentant de séduire celui qu'elle voit s'éloigner, qui effaceraient des années de sape, de corrosion de sentiments galvaudés, voire de mépris clairement affiché y compris en public. L'amour, ce n'est pas que de la baise. C'est une foultitude de choses qui naissent, s'épanouissent, évoluent, s'osmosent et se transcendent.

Ne pas comprendre – pis, ne pas se montrer en mesure de comprendre – ces choses-là, c'est à désespérer.
Pour aller encore plus loin dans le raisonnement – pour ne pas dire le ressentiment – c'est à se demander à quoi ont bien pu servir toutes ces années partagées ; à se demander qui était cette autre. Car finalement, il s'agissait bien d'une autre, étrangère, qu'il découvrait aussi.

Lui expliquer ? À quoi bon. Si elle n'avait pas compris tout cela, elle n'entendrait pas plus ses arguments. Il reprit donc sa lecture, lui tournant le dos : « Couvre-toi, tu risques de t'enrhumer ».

PS : écrit sur une musique de Mylène Farmer

Athanase 1 – exercice de style

Athanase est un vendeur. Athanase est vendeur depuis très longtemps. Il est même vendeur depuis toujours, pour ainsi dire. Il adore son métier, il apprécie le contact avec les clients. Même les clientes les plus difficiles parfois, il arrive à les mettre parfaitement à l'aise, à les rendre conciliantes, presque dociles, tel un dresseur expérimenté. Parce qu'au fond, il aime les gens. Il aime leur rendre service, il aime les voir heureux.
Et, c'est bête à dire, c'est extrêmement facile en définitive de faire le bonheur des gens. Si on le veut bien, évidemment. Les rendre satisfaits de leur achat, quasiment orgueilleux d'obtenir enfin ce qu'ils désirent depuis longtemps, de l'avoir en main ou à portée de main.
Rien de plus grisant que de voir les gens sourire d'aise, soulagés, comme repus, à deux doigts de la béatitude.

Et pour ça, Athanase a deux ou trois petits trucs dont il est très fier, d'une efficacité redoutable. À une cliente, par exemple, qui entre dans le magasin et qui demande le joli petit article en vitrine – déjà, quand il fait la vitrine, il fait très attention à bien mettre en valeur les articles, chacun d'eux séparément, et de veiller sur l'harmonie de l'ensemble ; chaque détail compte pour ça – il répond qu'il n'en a plus en stock.
Et il l'observe attentivement, avec selon, un grand sourire, ou alors il prend un air profondément navré, comme quelqu'un à qui l'on fend le cœur. Mine de rien, il observe en douce très attentivement sa cliente, repère ces quelques petits signes visibles de lui seul, ainsi que sa mine, son comportement, ses réactions ; il la jauge en un mot.
Puis, d'un air débonnaire, il lui assène son coup de massue commercial : « Mais j'ai bien mieux à vous proposer, chère petite

madame. Je viens de recevoir ce matin même un article pareil, mais dans une teinte qui s'accorde beaucoup mieux à votre ensemble (ou votre sac à main, ou encore à vos souliers, à vos yeux). Il se marie mieux, je trouve. Je vous le montre, voulez-vous ? » et il adopte un petit air gourmand, vaguement complice, ferme à demi les yeux. Il se réjouit d'avance du plaisir de sa cliente. Il jubile, même.

Et la cliente se reprend à espérer, après un bref moment de déception. Elle respire, elle est ravie, même si elle ne le sait pas, même si elle tente de le lui cacher, pour lui rendre le triomphe moins facile, moins total, moins éclatant.

Mais Athanase n'est pas dupe, loin de là. Il connaît bien la psychologie féminine. Il maîtrise foncièrement ce petit jeu d'influence, de savoir qui mène la danse, qu'il sait parfaitement mener. Il anticipe, en habile joueur d'échecs qu'il est, tous les mouvements à venir. Il prévoit ses réactions, ses réflexions encore, avant même leur formulation. Il suit, pas à pas, le cheminement de sa pensée, les méandres de ses déductions, l'élaboration des conclusions, la gestation de sa décision.

Après, c'est un jeu d'enfant de conduire sa cliente vers la caisse. Il lui demande bien préalablement si elle ne veut rien d'autre, en complément de sa nouvelle acquisition. Il lui suggère parfois un produit « absolument indispensable », qui va parfaitement avec sa trouvaille, avec son nouveau look. Puis il lui emballe d'un air empressé cet achat d'impulsion, et encaisse le montant de la vente, tandis que le cliquetis de la caisse enregistreuse lui susurre des mots exquis à l'oreille.

Le sourire de la cliente aux anges n'a pas de prix pour lui. Et il ne l'ignore pas, elle est désormais liée à lui par un lien indissoluble, celui de la confiance méritée. Il sait pertinemment que ces dames jasent entre elles en ville, qu'elles s'échangent les bons tuyaux. Il sait qu'elles se le recommandent chaudement, sous le sceau de la confidence.

Il sait que, quand une de ces dames entre dans le magasin, dûment munie de ce type de conseil, elle est plus qu'à moitié conquise, comme captive, dans l'attente du couperet de son verdict. Il ne méconnaît pas la force de la notoriété, fille de confiance, si difficile à bâtir et instaurer, mais qui devient inébranlable, se fortifiant pour devenir inexpugnable au fur et à mesure que le temps passe.

Et le temps, justement, joue en sa faveur. Sa réputation est sans tache. Aucun reproche ne trouve motif à s'appliquer, tant il s'évertue toujours à satisfaire ses clientes.

C'est pourquoi Athanase est un bon vendeur. Il ne voit qu'une seule ombre au tableau, un seul nuage à son bonheur presque complet. L'âge de la retraite qui avance vers lui à pas de plus en plus rapides, inexorablement. Une retraite méritée certes, après des années de labeur. Mais peut-on vraiment parler de labeur quand son activité lui procure quotidiennement, depuis fort longtemps, encore et toujours, un plaisir sans cesse renouvelé ?

Non, Athanase ne considère absolument pas son travail comme une corvée. Pas un seul instant il n'envisage d'avoir à quitter cette source constante d'agréments. Car, en sus du contentement dans l'exercice de ce qu'il appelle sa mission, cette activité lui rapporte en outre des revenus très nettement confortables.

Ce ne sont bien sûr pas ces sommes qu'il gagne ainsi régulièrement, et qui croissent tout aussi régulièrement, qui lui procurent sa motivation la plus profonde. Mais il faut bien reconnaître tout de même que ça aide. Tant il est vrai qu'un revenu désormais confortable lui procure une aisance de bon aloi qui vient conforter son sens inné de la psychologie et du bon goût.

Non, on a beau dire, on a beau faire, Athanase est un homme qui vit pleinement l'instant présent. Et il ne veut le quitter pour rien au monde.

Appendice

Le mythe de l'androgyne :

Jadis notre nature n'était pas ce qu'elle est à présent, elle était bien différente.

D'abord il y avait trois espèces d'hommes, et non deux, comme aujourd'hui : le mâle, la femelle et, outre ces deux-là, une troisième composée des deux autres ; le nom seul en reste aujourd'hui, l'espèce a disparu. C'était l'espèce androgyne qui avait la forme et le nom des deux autres, mâle et femelle, dont elle était formée ; aujourd'hui elle n'existe plus et c'est un nom décrié. De plus chaque homme était dans son ensemble de forme ronde, avec un dos et des flancs arrondis, quatre mains, autant de jambes, deux visages tout à fait pareils sur un cou rond, et sur ces deux visages opposés une seule tête, quatre oreilles, deux organes de la génération et tout le reste à l'avenant. Il marchait droit, comme à présent, dans le sens qu'il voulait, et, quand il se mettait à courir vite, il faisait comme les saltimbanques qui tournent en cercle en lançant leurs jambes en l'air ; s'appuyant sur leurs membres qui étaient au nombre de huit, ils tournaient rapidement sur eux-mêmes. Et ces trois espèces étaient ainsi conformées parce que le mâle tirait son origine du soleil, la femelle de la terre, l'espèce mixte de la lune, qui participe de l'un et de l'autre. Ils étaient sphériques et leur démarche aussi, parce qu'ils ressemblaient à leurs parents ; ils étaient aussi d'une force et d'une vigueur extraordinaires, et comme ils avaient de grands courages, ils attaquèrent les dieux, et ce qu'Homère dit d'Ephialte et d'Otos[1], on le dit d'eux, à savoir qu'ils tentèrent

---

1 (Ὦτος καὶ Ἐφιάλτης / Ŏtos kaì Ephiáltês, « Oiseau de nuit et Cauchemar »). Fils de Poséidon et d'Iphimédie (la femme d'Aloée, dont ils tirent leur nom), ils sont considérés comme des Géants. Ils diffèrent cependant des Géants

d'escalader le ciel pour combattre les dieux.

Alors Zeus délibéra avec les autres dieux sur le parti à prendre. Le cas était embarrassant : ils ne pouvaient se décider à tuer les hommes et à détruire la race humaine à coups de tonnerre, comme ils avaient tué les géants ; car c'était anéantir les hommages et le culte que les hommes rendent aux dieux ; d'un autre côté, ils ne pouvaient non plus tolérer leur insolence. Enfin, Jupiter, ayant trouvé, non sans peine, un expédient, prit la parole : « Je crois, dit-il, tenir le moyen de conserver les hommes tout en mettant un terme à leur licence ; c'est de les rendre plus faibles. Je vais immédiatement les couper en deux l'un après l'autre ; nous obtiendrons ainsi le double résultat de les affaiblir et de tirer d'eux davantage, puisqu'ils seront plus nombreux. Ils marcheront droit sur leurs deux jambes. S'ils continuent à se montrer insolents et ne veulent pas se tenir en repos, je les couperai encore une fois en deux, et les réduirai à marcher sur une jambe à cloche-pied ».

Ayant ainsi parlé, il coupa les hommes en deux, comme on coupe les alises[2] pour les sécher ou comme on coupe un œuf avec un cheveu ; et chaque fois qu'il en avait coupé un, il ordonnait à Apollon de retourner le visage et la moitié du cou du côté de la coupure, afin qu'en voyant sa coupure l'homme devînt plus modeste, et il lui commandait de guérir le reste. Apollon retournait donc le visage et, ramassant de partout la peau sur ce qu'on appelle à présent le ventre, comme on fait des bourses à courroie, il ne laissait qu'un orifice et liait la peau au milieu du ventre ; c'est ce qu'on appelle le nombril. Puis il polissait la plupart des plis et façonnait la poitrine avec un instrument pareil à

---

originaux, créatures monstrueuses issues de Gaïa : ils sont décrits par Homère comme d'une grande beauté, et avaient la particularité de grandir chaque année d'une coudée en hauteur et d'une brasse en largeur.

2   L'alise est un fruit rouge de l'alisier qui a une saveur acidulée.

celui dont les cordonniers se servent pour polir sur la forme les plis du cuir ; mais il laissait quelques plis, ceux qui sont au ventre même et au nombril, pour être un souvenir de l'antique châtiment.

Or quand le corps eut été ainsi divisé, chacun, regrettant sa moitié, allait à elle ; et, s'embrassant et s'enlaçant les uns les autres avec le désir de se fondre ensemble, les hommes mouraient de faim et d'inaction, parce qu'ils ne voulaient rien faire les uns sans les autres ; et quand une moitié était morte et que l'autre survivait, celle-ci en cherchait une autre et s'enlaçait à elle, soit que ce fût une moitié de femme entière – ce qu'on appelle une femme aujourd'hui – soit que ce fût une moitié d'homme, et la race s'éteignait.

Alors Zeus, touché de pitié, imagine un autre expédient ; il transpose les organes de la génération sur le devant ; jusqu'alors ils les portaient derrière, et ils engendraient et enfantaient non point les uns dans les autres, mais sur la terre, comme les cigales. Il plaça donc les organes sur le devant et par là fit que les hommes engendrèrent les uns dans les autres, c'est-à-dire le mâle dans la femelle. Cette disposition était à deux fins : si l'étreinte avait lieu entre un homme et une femme, ils enfanteraient pour perpétuer la race, et, si elle avait lieu entre un mâle et un mâle, la satiété les séparerait pour un temps, ils se mettraient au travail et pourvoiraient à tous les besoins de l'existence. C'est de ce moment que date l'amour inné des hommes les uns pour les autres : l'amour recompose l'antique nature, s'efforce de fondre deux êtres en un seul, et de guérir la nature humaine".

Platon. Le Banquet. Traduction E. Chambry, 189d. 193d.

La question elle est vite répondue - ou quand la réalité rattrape la fiction.

J'ai découvert, par le plus pur des hasards, ces jours derniers[3], un article de journal posté sur FB, et que j'ai sauvegardé pour illustrer ma nouvelle.

Ce pauvre type, Fanguin, qui nous en mettait plein la vue dans

---

3   En Janvier 2021.

des spots provocateurs, avec son accent populo, ses costards en matière synthétique de mauvaise facture achetés en soldes à la MIGRO ou en solderie, mais se pavanant dans des bagnoles haut de gamme, buvant du champ' avant d'envoyer valser sa coupe (très classe, surtout de la part d'un Suisse, selon les images tournées), est brocardé dans l'article. Il a quand même réussi à faire le buzz et à faire jaser pas mal de monde. Mais pas à son avantage, hélas.

Bien évidemment, je n'avais pas les éléments de son CV, ni son histoire personnelle, pas plus que celle de sa mère (qui n'est pas probablement originaire de Choux ha ha !). Je lui ai donc inventé une histoire, ou plutôt celle d'un blaireau comme lui, à sa mesure. Et je vois que je ne me suis pas trompé de beaucoup – si l'on excepte ses ascendances, où j'ai brodé en tant que romancier.

120 - *Le Point Rouge*

TABLE

Avertissement au lecteur 7
Jacques Merdeuil 9
Le Point Rouge 29
1ère partie 29
2ème partie 41
3ème partie 45
4ème partie 50
5ème partie 55
6ème partie 60
7ème partie 66
8ème partie 70
Postface 75
La question elle est vite répondue 77
L'araignée 85
Le jour où le soleil ne se leva pas 91
Nocturne 93
Eté (sous les pins) 97
Petit Paul 99
L'affront – ou la chatte rasée 107
Athanase – exercice de style 111
Appendice 115

Le mythe de l'Androgyne 115

La question elle est vite répondue – ou quand la réalité
rattrape la fiction 118

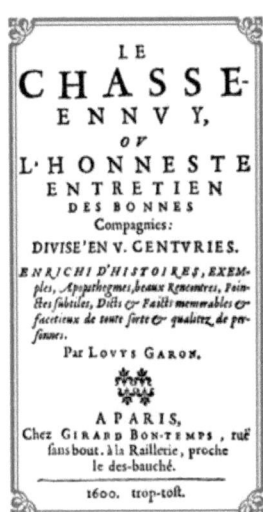

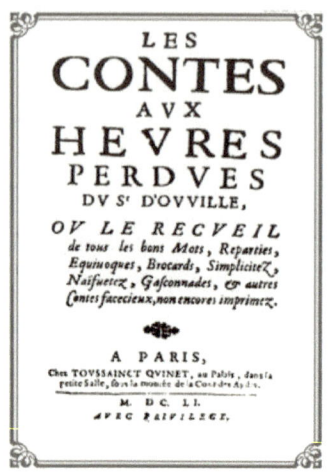